로크미디어가
유혹하는
재미있는 세상
ROK
MEDIA
로크미디어

바인더북

바인더북 20

2016년 3월 30일 초판 1쇄 인쇄
2016년 4월 4일 초판 1쇄 발행

지은이 산초
발행인 이종주

기획 팀 이기헌 송윤성
책임 편집 이정규

발행처 (주)로크미디어
출판등록 2003년 3월 24일
주소 서울시 마포구 성암로 330 DMC첨단산업센터 3층 314호
Tel (02)3273-5135 **Fax** (02)3273-5134
홈페이지 rokmedia.com **E-mail** rokmedia@empas.com

값 8,000원

ISBN 979-11-5960-956-5 (20권)
ISBN 978-89-257-3232-9 04810 (세트)

BINDER BOOK

바인더북

20

| 산초 퓨전 장편소설 |

contents

BinDER
BOOK

고모, 육선여

소공동 LD호텔.

닌자 가문의 후계자인 무라카미 아키라는 오랜 여행으로 피곤해진 몸을 하룻밤 푹 자는 것으로 추슬러 기분이 괜찮았는데 이내 수하인 겐지의 보고에 미간이 잔뜩 찌푸려졌다.

"뭐? 휴일이라고?"

"그게 우연찮게도 오늘이 민족 명절인 추석이랍니다."

"추석?"

"하이, 하필이면 오늘이 우리 나라의 오본 같은 날이랍니다."

겐지가 말하는 오본은 일본의 2대 명절 중 하나로 한국의 추석과 같았다.

다만 한국은 음력 8월 15일이 추석 명절인 데 반해 일본은 양력 8월 15일을 오본이라 하여 조상에게 제사를 지내며 명절을 보냈다.

당연히 일본 역시 한국과 마찬가지로 이날은 민족 대이동을 해서 북새통을 이룬다.

"그래서? 관공서가 다 쉰다?"

"그렇습니다. 당직만 빼놓고 모두 업무를 놓는다고 합니다."

"하!"

무라카미의 얼굴이 일시에 구겨졌다.

그도 그럴 것이 촌음을 아껴 추적해야 할 판국에 장벽에 가로막힌 때문이었다.

"언제까지 쉰다더냐?"

"나카지마 지사장의 말에 의하면 내일까지 쉰다고 했습니다."

"내일이면…… 13일?"

"옛!"

"젠장 할. 그렇다면 그……."

"아, 구동기 치안감 말입니까?"

"그래. 그 작자도 연락이 안 되나?"

"명절을 맞아 고향에 내려갔다고 합니다."

"끙. 경찰이 그래도 되나?"

"자세한 건 알지 못합니다만, 나카지마 지사장이 아무리 연락을 해 봐도 연결을 할 수가 없다고 했습니다."

"휴대폰이 있는데도?"

"그러지 않아도 휴대폰 번호를 물었지만 개인 정보라 가르쳐 줄 수가 없다는 답만 들었다고 합니다."

"제길. 한시가 급한데…… 하릴없이 시간을 보내야 한단 말이로군."

"오야붕, 우리가 온 시기가 좋지 않았습니다."

"하필이면……."

"그런데 제 생각에는……."

"응? 뭐가 말인가?"

"그것이…… 구동기란 작자와 연락이 닿는다 해도 협조를 해 줄지 의문이라는 겁니다."

"오카모토 상이 소개한 것 아니었나?"

오카모토는 교쿠토카이의 한국 지부 책임자로, 공항에 마중을 나갔었던 인물이었다.

"맞습니다. 하지만 구동기는 원래 모리구치구미에서 심어 놓은 간자라 우리에게 협조해 줄지 의문이라는 것이지요."

"그 문제는 오카모토 상에게 맡겨 둬. 교쿠토카이라면 얼마든지 모리구치구미와 협조할 수 있을 테니까."

"하이."

"그렇다고 마냥 손을 놓고 있을 수는 없으니 고바야시 상에게 연락해서 공휴일 동안 할 일이 없나 알아봐."

고바야시는 일본 내각정보조사실 직원으로, 현재는 영사관 직원으로 변신해 있는 인물이다.

"하이!"

부우웅.

담용의 애마인 레인지로버가 묵직한 소음을 내며 속도를 냈다.

서울과 인천을 잇는 경인로를 타고 질주하는 담용은 지금 인천으로 향하고 있는 중이었다.

추석 명절 당일에 부모님 제사를 지낸 담용은 동생들과 함께 백부와 숙부 댁을 찾아 오랜만의 해후를 했다.

뭐, 두 사람 모두 반가워하기는커녕 떨떠름해하는 눈치라 얼굴만 내비치고 나올 수밖에 없긴 했다.

당연히 같이 식사를 할 분위기도 되지 못해 물러 나와야 했고, 그길로 곧장 고모가 살고 있는 강남으로 향했다.

그나마 수확이 있었다면, 담용이나 동생들이 사촌들과 서로 연락처를 주고받을 수 있었다는 정도다.

어른들 간에 있었던 속사정을 알지 못하는 자식들이라 어울리는 데 어색함이 없었다는 것은 다행스러운 일이었다.

문제는 강남에 살고 있다는 고모였다. 육선여의 집을 찾았지만 그녀는 이미 그곳을 떠난 지 오래라고 했다.

담용이 그 점을 이상히 여겨 백부에게 전화를 해 봤지만, 돌아온 대답은 무심함의 극치였다.

–네 고모는 지난 8년 동안 연락이 없었다.

–찾아가 보지 않으셨습니까?

–어른인 내가 왜 찾아가, 그년이 나를 찾아와야지.

–…….

대화는 그것이 전부였다.

무뚝뚝하기도 했지만 무엇보다 형제간의 정리가 대나무 통 속처럼 마디마디 막혀 있다는 기분이 들어 속이 갑갑했다.

'8년이라…….'

부모님이 돌아가시고 딱 1년 후쯤이다.

그사이 무슨 일이 있었던 걸까?

고모의 성미로 보아 한 번쯤은 자신들을 찾아왔을 법도 했건만 통 무소식이었던 이유가 있었던 것이다. 강남에서 사라진 것이 그 연유라고 여기는 담용이다.

부모님이 돌아가실 때 유일하게 도움을 주셨던 분이 육선녀 고모님이시다.

우물쭈물하고 있을 새가 없었다.

집안에 서로 공감을 나눌 만한 어른이 없다는 것은 그만큼의 정서가 메말라 간다는 의미와도 같다.

핵가족 시대에 새삼 무슨 말인가 여길지도 모른다.

하지만 1대만 살아가는 가정의 정서와 2대와 함께 생활하는 정서 그리고 3대가 모여 사는 정서는 확연한 차이가 있다.

한 가정에 3대가 함께 부대끼며 살아간다는 것은, 어른을 어려워할 줄 알고 모실 줄 안다는 얘기와 같다.

그것이 상식이다.

상식이 결여된 사회는 야수의 세계나 다름없다.

물론 곰방대 할아버지와 안성댁 할머니가 같이 하고 있다지만 사실 친혈육은 아니지 않은가?

꼭 구분을 하려고 하는 말은 아니지만 친혈육과 함께하는 것은 인지상정이다.

아버지.

그랬다.

선친을 생각하면 혈육끼리 서로 교통 정도는 하고 지낼 필요가 있다.

그렇게 저승에서라도 아버지의 마음이 편했으면 하는 바람이 담용의 등을 떠밀고 있는 것이다.

그리고 자책이 되기도 했다.

고모가 강남에서 잘 살고 있었다면 몰라도 무슨 사연인지 살던 곳을 떠나 소식을 돈절한 채 살아가고 있다면 사정을 알아봐야 했다.

그렇지 않고서는 무슨 일을 해도 손에 잡힐 것 같지 않았다.

평천하까지는 아니어도 제가齊家를 하지 않고서야 무슨 큰 일을 도모할 수 있을까?

'내가 너무 무심했어.'

저간의 사정이 있었다고는 하나 아랫사람으로서 도리가 아니었다.

지금이라도 찾아보고 뵈어야 할 분이 고모님이다.

그랬기에 추석이 하루 지난 오늘 작심하고 나선 터였다.

점심나절에 나선 이유는 찾기가 곤란할 때 인근의 도움이 필요할 것 같았기 때문이다.

명절 연휴에 아침 일찍부터 여는 가게가 드물 것임을 우려한 조치였다.

강남에서 사라진 고모의 주소는 국정원의 도움을 받았다.

일반인이야 개인정보보호프로그램과 사생활침해방지라는 제도가 있어 찾기가 쉽지 않겠지만 국정원이 사람 하나 찾는 것은 여반장이다.

주소는 계기판 위의 스프링 꽂이의 쪽지에 적혀 있었다.

인천광역시 남동구 만수동 ○○○-○○번지

담용으로서는 기억의 저편에서나 지금이나 처음 가 보는 낯선 주소였지만, 두툼한 상세 지도 덕분에 미리 알아 둔 길이었다.

아직은 내비게이션이 출시되지 않은 시절이다.

아니, 출시는 됐지만 그리 유용하게 쓰일 정도로 그리 똑똑하지 못해 일반화되지 않았다는 게 맞다.

이는 아직까지 GPS 수신기의 성능이 나빠 더 많은 위성 신호를 확인할 수 없어 오차를 줄이지 못하는 데서 기인했다.

더구나 첨단을 걷는 이 시대에 인공위성 하나 쏘아 올리지 못한 대한민국이 아닌가?

위성을 빌려야 하는데, 상황이 여의치 않을 수도 있음이다.

그래서 지금은 주소까지 자세히 나와 있는 상세 지도 책자가 요긴하게 쓰이고 있는 시점이었다.

게다가 만수동이라면 담용의 집인 부천에서 그리 멀지 않은 곳이기도 해서 수고를 덜었다.

경기도와 인천광역시의 행정구역 경계 지점이랄까.

'그러고 보니 제대로 된 내비게이션이 출시되는 시기가 내년이로군.'

담용의 기억으로는 그랬다.

'어? 중앙병원?'

이정표에 중앙병원이라는 글귀를 본 담용은 하마터면 지나칠 뻔한 탓에 운전대를 급히 왼쪽으로 꺾었다.

끼이익. 부우우웅—!

왕복 2차선의 좁은 도로에 접어든 담용이 그대로 질주했다.

명절을 맞아 귀향한 사람들이 많았던 덕에 교통량이 그리 많지 않아 도로는 한가했다.

여기서부터 인천광역시입니다.

도로가에 우뚝 선 푯말이 지역의 경계임을 알려 주고 있었다.

'여기서부터 인천이로군.'

도로 좌측에 '폴리텍대학'이란 안내판이 눈에 들어왔다.

2차선 도로가 끝나고 왕복 8차선 도로로 접어든 담용의 눈에 군데군데 툭 불거져 나와 있는 군 초소와 윤형 철조망이 길게 이어진 담장이 들어왔다.

'군부대로군.'

조금 전 중앙병원이라는 글귀와 함께 육군ㅇㅇㅇㅇ부대라고 적힌 숫자를 본 기억이 났다.

8차선 도로에서 우측으로 난 길로 접어들자마자 오르막길을 넘어서 조금 더 가다 보니 어느새 만수시장 어귀에 도착했다.

1차 목적지에 도착한 것이다.

'번화한데?'

생각했던 것보다 상점들이 즐비했고 오가는 행인들도 많았다.

추석 연휴임에도 불구하고 가게에 나와 장사하는 사람들이 적지 않았다.

가게나 좌판마다 과일이나 선물 세트 같은 상품들이 풍성했다.

아마도 친척 집을 방문하는 사람들을 위해 휴일임에도 가게로 나온 것이리라.

'부동산 사무실에 물어보는 게 빠르겠군.'

상세 지도가 있다고는 하나 인근의 지리를 가장 잘 알고 있을 부동산 관계자만큼은 아니어서 물어보기로 마음을 먹은 담용이 차를 주차했다.

그런데 아무리 두리번거려 봐도 부동산 사무실이 눈에 띠지 않았다.

그러다가 얼핏 눈에 들어오는 간판 하나.

'어? 저기…….'

부동산과 도배, 장판을 겸하고 있는지 간판이 하나다.

얼른 다가가 봤지만 실내가 캄캄했다.

'이런.'

담용은 할 수 없이 시장 입구에서 과일 장사를 하고 있는 아주머니께 물었다.

“아주머니, 말씀 좀 여쭐게요.”

“그러구랴.”

“저기 외에 부동산 사무실이 어디에 또 있습니까?”

“부동산 사무실 찾수?”

“예.”

“저기야 고향 간다고 했으니 문을 닫았을 테고…… 김 영감님이 나왔을라나 모르것네.”

“어딥니까? 한번 가 보죠 뭐.”

“저기 꽃가게 간판이 보이쥬?”

“아, 예.”

“거기 모퉁이 돌자마자 있으니 거기로 가 보구랴.”

“감사합니다.”

꾸벅 인사를 한 담용이 잰걸음으로 다가가 보니 본건물에 덧대 지은 창고 같은 조그만 사무실이 있었다.

그래도 공인 중개 사무실이란 간판을 달고 있었다.

게다가 불도 켜져 있고 창문 너머로 사람도 보였다. 아마도 과일 가게 아주머니가 말한 김 영감인 듯했다.

‘아, 다행이다.’

담용은 반가운 마음에 거침없이 문을 열고 들어갔다.

나이 지긋한 김 영감이 담용을 맞았다.

"흐이구, 명절에 손님이 다 찾아오는구먼그랴."

"수고하십니다, 어르신."

인사를 하면서 실내를 살피니 언뜻 눈에 들어온 것은 벽에 걸린 공인중개사 자격증이었다.

그런데 자격증에 부착된 사진은 여성이었다.

'자격증을 대여해서 영업을 하는 건가?'

이런 경우가 적지 않은 요즘이다.

자격증만 땄지 실무 능력이 없어 예전 중개업소나 복덕방을 하던 사람에게 대여해 주고 돈을 받는 것이다.

중개업소는 공인 중개업소와는 다르다.

중개업소는 그 지역만 영업이 가능한데 반해 공인 중개업소는 전국을 무대로 영업이 가능하다는 것이 그 차이점이었다.

물론 같이 동업하는 경우도 많다. 자격증을 취득한 자와 실무자의 만남이 그것이다.

"어찌 오셨수?"

"아, 예. 말씀 좀 여쭈려고요."

부동산을 문의하는 손님이 아닌 탓에 담용의 말투가 더없이 공손했다.

"물어보시구랴."

"이 주소가 어디쯤인지 좀 알려 주시면 감사하겠습니다."

담용이 주소가 적힌 쪽지를 공손히 내밀었다.

"○○○번지라면…… 향촌이구먼."

번지를 보자마자 대뜸 나오는 대답이었다.

이는 김 영감이 이 지역 토박이라는 소리다.

"향촌요?"

"그려."

도시에 웬 '시골틱' 한 향촌?

담용은 시골 냄새가 물씬 풍기는 지명에 순간 잘못 찾아왔나 하는 생각이 들었다.

"어디 보자……."

돋보기를 끼고 라디오 안테나를 든 김 영감이 한쪽 벽을 가득 채우고 있는 지도 앞으로 다가갔다.

인근 지역을 지적도처럼 세밀하게 인쇄해 놓은 대형 지도였다.

"에그…… 만월산 바로 밑이구먼."

"예?"

"아, 여길 보라구."

탁탁.

김 영감이 안테나로 툭툭 쳐 대는 지점에 담용의 시선이 쏠렸다.

"보이는가?"

"예, 예."

어찌 보이지 않을까?

꽤나 작은 글자체였지만 담용의 눈에 ㅇㅇㅇ-ㅇㅇ번지라고 쓰인 숫자가 또렷하게 들어왔다.

그런데 어째 꼭 산꼭대기에서 사는 것만 같다.

그도 그럴 것이 집 윗부분이 전부 녹색인 데다 만월산이라고 떡 적혀 있었다.

'고모부 사업이 망한 건가?'

문득 그런 의심이 먼저 들었다.

정확한 사정은 몰랐지만 고모부가 사업을 하고 있었던 것으로 기억하고 있는 담용이다.

"젊어서 그런가? 눈이 좋구먼."

"제가 눈이 좀 좋은 편입니다."

"그거 복 받은겨. 여그 푸른색이 전부 만월산이여."

"바로 산 밑이라는 얘기네요."

"그렇지."

"감사합니다, 어르신."

"뭘 이깟 걸 가지고……. 근디 시방 누굴 찾는 건감?"

"아! 저의 고모님 되시는 분인데, 8년 전에 이사를 왔다고 해서요."

"8년 전에 왔다고?"

"예. 그렇게 들었습니다."

"그려어?"

대답을 하면서도 뭔가를 골똘히 생각하던 눈치인 김 영감이 이내 입을 열었다.

"나가 말이여, 여기서 복덕방을 한 지가 꽤 오래라 웬만한 건 다 아는구먼."

"……?"

"그래서 말인디…… 산 밑에 사는 이라면 알 만하단 말씨. 그 당시 나가 계약해 준 집이니께 말이여."

"아! 그, 그래요?"

김 영감의 말에 반색하는 담용이다.

"그럼, 그럼. 알고말고지."

"하핫, 잘됐네요."

뜻하지 않게 수고를 덜게 된 것에 담용이 기분 좋게 웃었다.

"근디…… 고모의 성이 워떠케 되는감?"

그렇게 묻는 김 영감의 표정에 조금은 의심하는 낌새가 엿보였다.

"육가입니다, 옥천 육가요."

"허어, 그렇다면 나가 생각하는 사람이 맞는 것 같구먼."

"어르신, 그렇다면 지금도 거기 살고 계시다는 말씀이시지요?"

"암은. 근디 정말 고모가 맞는감?"

"예, 제 아버님이 오빠가 되고 제가 그분의 조카가 됩니다."

"그람 주민등록증을 좀 보세나."

"예?"

"그럴 사정이 있으니 확인한 다음에 가르쳐 줌세."

"아, 예……."

담용은 뭔가 수상타 여겼지만 주민등록증을 건넸다.

"육씨가 맞구먼."

"저…… 어르신, 왜 그러시는지요?"

"그, 그게…… 말이여."

"……?"

말을 더듬는 김 영감의 말투에 담용의 얼굴에 불안한 기색이 언뜻 비쳤다.

"크흐흠, 8년 전에 올 때만 해도 참 고왔었는데…… 지금은 처지가 좀 그려."

"어르신, 고모님이 어디 편찮으신 겁니까?"

"그건 아닌디…… 많이 팍팍한 삶이라네."

"아아, 네."

담용은 김 영감의 삶이 팍팍하다는 말에 내심 식겁해서는 한시바삐 고모에게로 가고 싶어 얼른 말했다.

"어르신, 이따가 다시 찾아뵙겠습니다. 그럼."

"어어, 지금 집으로 가면 못 만난다네."

"예?"

"쩌어기…… 시장통 끄트머리에서 야채 장사를 하고 있을 거란 말씨.”

“예? 야채 장사요?”

“그려, 좌판을 얻지 못하고 겨우 끼어 눈치 보며 장사를 하는 택이지. 게다가…….”

“예? 또 뭐가 있는데요?”

“그것이…… 일수쟁이들한테 많이 당하고 있기도 허고. 혀서…… 맴이 짠하다네.”

“일숫돈을 썼단 말입니까?”

“크흠, 그려. 여자 혼자 몸으로 아무런 밑천도 없이 먹고 살려니 남의 돈을 쓸 수밖에 더 있겠나?”

“예에? 고모부, 아니 남편은 뭐 하고요?”

“엥? 남편?”

“예, 제게 고모부가 되는 사람 말입니다.”

“거참, 처음부터 남편이란 사람은 없었다네. 암은, 남정네라고는 못 봤지.”

“어, 없었다고요?”

“그려, 한 번도 못 봤다네. 이 늙은이는 일찍 홀몸이 됐나 했구먼. 애들도 없었다네.”

“아! 아이는 원래 없었습니다.”

사실이 그랬다.

고모 육선여는 아이를 갖지 못했던 것이다.

그것이 누구 탓이었든 오래도록 아이 소식이 없어 선친이 걱정을 많이 했던 기억이 났다.

"쯧. 그랬구먼."

'일숫돈이라니!'

그 정도로 생활이 궁핍했단 말인가?

믿기지가 않았다.

아니, 애초 산등성이에 집이 있다는 것 자체가 믿어지지 않았던 담용이다.

부자가 망해도 3년은 간다는 말을 빌리지 않더라도 이건 도무지 현실 같지가 않았다.

한데 일숫돈이라니!

일숫돈이란 본전과 이자를 합한 금액을 며칠에 나누어 일정한 액수를 날마다 갚아 나가는 빚돈을 말한다.

당연히 제도권 금융과는 거리가 먼 일종의 사채다.

고로 고율의 이자일 수밖에 없고 하루라도 밀리면 복리 이자가 저승사자나 다름없는 돈이다.

'대체…….'

"글고 내가 젊은이에게 주민등록증을 보자고 한 것도 다 일수쟁이 같은 놈들 때문이구먼. 혹시라도 또 다른 넘들이 괴롭히지나 않을까 해서 말이여. 미안허이."

"아, 아닙니다. 오히려 감사한 일이지요."

"그렇담 다행이고."

"아무튼 감사합니다. 빨리 가 봐야겠네요. 어디로 가면 됩니까?”

“시장통 가운데로 쭈욱 올라가다 보면 끄트머리쯤에 보일 것이네. 아까 내가 나올 때 장사 준비를 하고 있는 걸 봤으니께, 여태 있을 것이구먼.”

“다시 찾아뵙겠습니다. 저는 그만…….”

“그려, 어여 가 보게.”

김 영감의 말을 뒤로한 담용이 마음이 급했던지 출입문도 채 닫지 못하고 서둘러 나갔다.

“에그…… 쯧쯔쯔. 그 집조차 사글세 단칸방이라는 걸 알면…….”

김 영감이 차마 말할 수 없었던 육선여의 속사정이었다.

그리고 또 한마디 내뱉었다.

“설마 연휴인데 오거리파 넘들이 나오지는 않았것지?”

그렇게 말을 해 놓고도 걱정이 되는지 김 영감의 얼굴에는 근심이 깃들고 있었다.

BINDER
BOOK

일숫돈

고모, 육선여가 가게마다 문이 닫힌 빈자리에 덩그러니 앉아 있었다.

바로 다가가지 못하고 두붓집 앞에 숨어서 지켜보고 있는 담용의 눈에는 그 모습만으로도 이미 습기가 맺혔다.

'고모…….'

손때 묻은 앞치마에 헐렁한 일 바지를 입고는 얼마 되지 않는 조촐한 야채를 늘어놓은 좌판 뒤에 쪼그려 앉아 있는 중년의 여인.

명절을 보내기 위해 이미 갖출 것 다 갖춘 뒤라 야채를 사러 올 사람이 몇이나 될까 싶지만, 육선여는 추석이 하루 지난 오늘도 좌판을 지키고 있었다.

그녀의 고달픈 생활을 단적으로 보여 주고 있는 모습이기도 했다.

육선여는 그동안의 간난신고 탓인지 통통하고 윤기가 흘렀던 얼굴이 어느새 광대뼈가 불거질 정도로 홀쭉하게 말라 있었다.

좁고 주름살 많은 이마 밑으로 찌푸려진 눈살과 튀어나온 광대뼈 때문에 그 옛날의 육선여라고 보기 어려웠다.

가슴이 메마르다 못해 오랜 세월에 풍화된 '마사토'보다도 더 삭막해져 있는 육선여의 모습은 담용의 가슴을 먹먹하게 만들었다.

앞을 지나는 사람들을 보고도 호객 행위를 하지 못하고 입꼬리만 억지로 말아 올리는 것이 전부인 야채 장수, 육선여는 길거리에서 지나치다가 보더라도 알아보지 못할 정도로 많이도 변한 모습이었다.

지난 8년의 세월이 무섭게 다가오는 느낌이라 담용은 속으로 울었다.

'크흑, 고, 고모…….'

감정의 잔상이 가감 없이 읽히는 육선여의 모습은 담용으로 하여금 기어이 더 이상 지켜보지 못하게 했다.

스읍.

이미 가득 차 버린 습기로 인해 눈물이 방울져 흐를 것만 같아 고개를 드는 담용이다.

'어쩌다가…….'

고모의 속사정을 알 길이 없으니 마음이 답답하기만 했다.

애써 마음을 진정시키고 어느새 벌게졌을 눈가를 꾹 누른 담용이 굳게 마음을 다지고는 걸음을 뗐다.

'응?'

담용의 걸음이 멈칫했다.

어느 틈에 나타났는지 육선여의 좌판 앞에 두 손을 바지 주머니에 찔러 넣은 사내 두 명이 건들거리고 있는 것이 아닌가?

덩치의 하나와 호리호리한 사내, 그 두 명을 본 육선여가 쪼그려 앉았던 자세를 풀며 엉거주춤 일어선다.

그런데 그렇지 않아도 창백했던 얼굴이 꺼멓게 변하더니 급기야 두려운 빛이 완연했다.

호리호리한 사내가 손부터 내밀었다.

"아줌마, 오늘은 준비됐겠지?"

"그, 그, 그게……."

"왜? 오늘도 못 주겠다고?"

"그, 그…… 며, 명절이라 아직 개시도……."

"씨팔 년아! 일숫돈에 명절이 어딨어? 하루하루 계산하는 거 몰라?"

미리 준비라도 해 놨었다는 듯이 대뜸 욕설부터 지껄여 대는 사내.

"……."

대거리는커녕 파리해진 입술을 떼지 못하고 고개를 외로 꼬고 마는 육선여의 몸은 마치 비를 흠뻑 맞은 참새 같았다.

"이런 씨발!"

퍽!

육선여의 기색을 알아차린 호리호리한 사내가 오늘도 틀렸다고 여겼는지 기어코 좌판을 걷어찼다.

"악! 그, 그러지 마, 말아요. 안 돼요."

기겁을 한 육선여가 혼비백산해서는 그나마 남아 있는 야채들을 양팔로 움켜쥐었다.

"씨팔! 안 되긴 뭐가 안 돼! 안 되면 돈을 내놓든가!"

"미, 미안해요."

"시끄러! 빨리 돈이나 내놔!"

"미, 미안해요. 다음에 꼭……."

"이씨……."

퍼억!

다시 한 번 발길질을 해 대며 남은 좌판마저 걷어차 버리는 호리호리한 사내의 입에서 사나운 말투가 튀어나왔다.

"니기미, 그나마 단칸 사글셋방도 보증금을 다 까먹고 없다며? 뭘로 갚을 건데?"

"며, 며칠만……."

"지랄하네. 며칠, 며칠 한 게 대체 언제부터인지 알기나 해?

씨팔, 갚을 능력이 없으면 빌리지나 말든지.”

“제발 며칠만…… 아니, 모레까지만이라도…….”

“웃기고 자빠졌네. 이년아! 우리도 땅 파서 장사하는 거 아니거든! 그러니 오늘 갚을 거 아니면 같이 가 줘야겠어. 일어나!”

“악! 아, 안 돼요!”

“칫! 안 되긴 뭐가 안 돼! 이게 콱!”

발길질을 해 대려는 시늉에 육선여가 몸을 잔뜩 웅크렸다.

“이게! 빨리 못 일어나!”

와들와들.

그야말로 천적인 뱀 앞에서 떨고 있는 개구리나 다름없는 모습인 육선여다.

“야! 곰!”

“옛! 형님.”

“씨발 쪽팔려서 더 이상은 여기 못 있겠다.”

감히 나서지는 못하고 흘끔흘끔 곁눈질을 해 대며 지나치는 행인들의 눈초리가 신경이 쓰였던지 호리호리한 사내가 한발 물러서며 소리쳤다.

“빨리 저년 머리채를 잡아서라도 끌고 가!”

“옛!”

곰이라 불린 덩치가 성큼성큼 육선여에게 다가가 막 머리카락을 잡아채려 할 때였다.

턱!

덩치의 손목을 낚아채는 손이 있었다.

당연히 더는 두고 보지 못하고 담용이 나선 것이다.

나서는 시기가 늦었던 것은 단칸 사글셋방이란 말에 충격을 받았기 때문이다.

한참 다리품을 팔며 올라가야 할 산 밑의 오두막마저도 고모의 소유가 아니라 달랑 방 한 칸의 사글세였다란 말은 담용에게 충격을 주기에 충분했던 것이다.

그래서 잠시 어벙하게 서 있을 때 육선여가 치르지 말아야 할 곤욕을 치렀다.

"네놈은 또 뭐여?"

"이봐, 너무 심하잖아?"

인상을 쓰는 덩치의 말에 담용은 일단 조용한 어조로 대꾸했다.

속에서는 천불이 일었지만 참고 또 참으며 시작하는 담용이다.

마음 같아서는 단매에 쳐 죽여도 시원치 않을 놈들이었지만, 나름대로 명분을 얻어야 했기에 성질을 죽인 것이다.

"이런 염병할……."

덩치가 붙잡힌 손목을 홱 뿌리쳤다. 그런데 꿈쩍도 하지 않는다.

"어라? 이런 썅!"

덩치가 다시 한 번 팔을 뿌리치려고 할 때 담용이 손에 힘을 풀고는 재빨리 말했다.

"얼마야?"

"엉? 뭐, 뭐여?"

"갚을 돈이 얼마냐고 묻잖아?"

"시, 시방……."

아직은 이 계통에 완전하게 물이 든 것이 아니었던지 말을 더듬거리는 덩치다.

"일숫돈 밀린 게 얼마냐고 물었다."

"왜? 네놈이 대신 갚을라고?"

"그래, 얼만지 말해 봐."

담용은 '놈' 자 소리에도 참으며 일부터 해결하기를 바랐다.

"흐흣, 그건 좋은데…… 겁대가리를 상실한 넘이구만."

"여기서 그딴 게 왜 필요하지? 돈만 갚으면 끝날 일 아닌가?"

"뭐, 그렇긴 하지. 갈대 성님, 밀린 돈이 얼마냐고 묻는데요?"

"허이구야, 백기사가 납시셨군그래."

갈대라 불린 호리호리한 사내가 담용에게 세모꼴의 얼굴을 들이밀며 헤죽댔다.

"왜? 댁이 대신 갚으려고?"

"얼마냐고 물었다."

"돈은 있고?"

"몇 번을 말해야 알아들을 건데?"

"호오! 말하는 꼴새를 보아 하니 거짓부렁 같지는 않은데?"

"말이 많군. 나 바쁜 몸이다."

"크크큭, 그렇단 말이지. 그렇다면 그럴 능력이 있는지 뭐라도 좀 보여 주면 좋겠는데 말이야."

"그러지."

여전히 조소를 날려 대며 눈꼬리를 째는 갈대의 행동에 무던히도 참은 담용이 지갑을 펼쳐 보였다.

"수표도 받겠지?"

"그야 당근이쥐."

"보다시피 현찰은 몇 푼 안 된다. 그러니 수표로 받아."

"콜! 근데 그거 진짜겠지?"

"지나가다가 나선 길인데 사기를 칠 짬이나 있었겠냐?"

"흐흐흣, 그렇긴 하네. 나 역시 수표를 확인하는 건 일도 아닌 몸이라 속을 수도 없지."

"잘됐군. 이서를 안 해도 되겠네."

"무슨 소리를! 이서를 안 하고 수표를 받는 경우는 없다."

"얼만지나 확인해 봐."

"잠시 지둘려. 계산 좀 해 보고."

갈대가 허리에 찬 색에서 손바닥 크기의 일수 장부와 계산기를 꺼내고는 한참을 계산하더니 입을 열었다.

"에…… 가설라무네…… 전부 880만 원이네."

"880만 원? 저분이 얼마를 빌렸나?"

담용은 일단 육선여와 아무 관계도 아니라는 듯이 호칭을 넘겨 버렸다. 고모에 대한 계획은 있었지만 혹시나 하는 마음에서다.

"히히힛, 3백만 원."

"그런데 왜 그렇게 많아? 원금은 갚았을 것 아냐?"

"키키킥, 원금이야 갚았지."

"근데?"

"복리에 복리가 붙었거든."

복리에 복리라면 금리가 얼마든 이자는 눈덩이처럼 불어날 것이니 특별할 것도 없는 전형적인 수법이다.

이는 평생을 우려먹겠다는 말과 다름이 아니었다.

"원래는 몇 프로야?"

"하루에 4만 원씩 90일 동안 갚아 나가는 거니까, 연 150퍼센트였지."

"대충 계산해 봐도 4백만 원밖에 안 되는데 금액이 너무 많은 거 아냐?"

"방금 말했잖아, 복리가 붙었다고."

"그렇다고 해도 많은 것 같은데?"

"키키킥, 복리에 복리가 붙었다니까 그러네."

복리에 복리란 것은 말뿐이고, 자기들 마음대로 갖다 붙이는 것이 곧 복리다.

"어이, 갚기가 걸쩍지근하면 좀 비켜 주지. 우린 저년을 팔아서라도 돈을 받아 내야 하거든."

"좋다."

담용이 대번에 수표를 꺼내서 셌다.

기실 집에서 출발할 때 고모의 신변이 어딘가 이상타 싶어서 천만 원 정도를 지니고 온 터였다.

당연히 고모가 궁색한 살림이면 도와주려던 의도로 가지고 온 돈이다.

지금의 상황을 예측한 것은 아니었지만 그 예감이 들어맞은 격이 되어 버렸다.

잠시 동안 갈대에게 주민등록증을 내맡긴 채 한 장 한 장 이서를 한 담용이 수표를 건넸다.

"1백만 원짜리 수표 아홉 장이다. 일수쟁이가 잔돈이 없지는 않겠지?"

"후후훗, 뽀대 나네."

수표를 받고 주민등록증을 건네준 갈대가 말을 이었다.

"뭐, 나야 누구에게든 받을 돈만 챙기면 상관없지."

갈대가 만 원짜리 스무 장을 담용에게 건넸다.

"계산은 정확하게 하는 우리지."

'풋, 정확한 계산은 개뿔이…….'

"또 줄 게 있잖아?"

"아! 미안."

다시 가방을 뒤진 갈대가 한 묶음이나 되는 봉투를 꺼냈다.

그것이 전부 서민들의 피와 눈물로만 여겨지는 담용이다.

"이거로군."

봉투의 이름을 확인한 갈대가 서류를 건넸다.

"저년 이름이 육선여다. 확인해 봐."

'이 자식이!'

갈대의 욕설에 주먹이 불끈했지만 가까스로 참은 담용이 서류를 꺼내 살폈다.

일단은 요식행위일지라도 돈을 갚는 것이 먼저였기에 순서를 밟는 일이 나중에라도 탈이 없음을 모르지 않는 담용이다.

나름대로 이런 유의 서류라면 이골이 난 터라 확인하는 것은 그리 어렵지 않았다.

서류를 상의 안주머니에 챙겨 넣은 담용이 고모를 쳐다보니 두 손으로 머리를 감싼 채 새우처럼 잔뜩 웅크리고 있었다.

덜덜 떨고 있는 걸 보니 지금 벌어지고 있는 일조차도 모르고 있는 것 같았다.

갈대가 데리고 간다고 했으니 그녀의 신세가 캄캄한 암흑천지가 될 것임을 짐작한 탓이리라.

사창가든 멍텅구리 새우잡이 배든 여자라면 남자보다 부릴 곳이 더 많아 놈들은 본전을 뽑고도 남을 것이다.

'후우, 어쩌다가 이 지경까지…….'

측은한 마음이 들었지만 담용은 고모가 험한 드잡이를 하는 조카를 보지 않아서 다행이라고 애써 자위했다.

아울러 훌쩍 커 버린 조카의 목소리를 알아보지 못하는 것 또한 다행이라 여겼다.

'고모, 조금만 기다려요. 이 조카가 다 해결해 줄게요.'

"이제 완전히 변제된 거지?"

"그런 셈이지. 아무튼 무슨 꿍꿍이로 백기사로 나선 건지는 모르지만, 크크큭."

"……?"

"어차피 또 일숫돈을 쓸 년이다. 저년의 생활이 여간 곤궁해야 말이지, 크큭. 그때도 다시 볼 수 있었으면 좋겠군. 아예 기둥서방으로 들어앉지그래?"

'썩을 새끼가! 오냐, 지금은 마음대로 지껄여라.'

"어이, 저년이 저래 봬도 말이지, 제법 반반하다고. 혹시 알아? 씻기고 가꿔 놓으면 감칠맛이 날지 말이다, 흐흐흣."

찧고 까부는 것까지야 배운 게 그것밖에 없는 양아치라 그렇다지만 사람 보는 눈이 없어도 너무 없는 놈이다.

'이 자식이…….'

입을 열면 열수록 참을 수 없게 만드는 놈이다.

참 주먹을 부르는 '뻘짓거리'다.

이런 경우 주는 것 없이 밉고 한 대 쥐어박아 주고 싶어진다.

그래서 더는 참을 수 없었던 담용의 입에서 마침내 싸늘한 말투가 내뱉어졌다.

중인환시에 결코 하고 싶지 않은 일을 해야만 하는 것이 마음에 걸렸지만 지금은 인내에 한계가 왔다.

"어이, 멍청이, 지금 그 말, 책임질 수 있으니까 마구 해대는 거겠지?"

비소를 흘려 대던 짓거리를 단번에 얼려 버릴 듯한 송곳 같은 말투에 갈대가 일순 흠칫했지만 이내 인상이 험악해졌다.

자신의 '나와바리'에서 무서울 게 없는 갈대였으니 순간 움찔한 것이 오히려 창피했다.

"뭐? 이 자식! 바, 방금 뭐라고 그랬어?"

"멍청이라고 했지. 그리고 네놈이 방금 한 말에 책임을 져야 할 것이라고도 했다."

"이런 씨발 넘이. 멍청이라고?"

갈대가 어이없다는 눈초리로 담용을 쳐다보며 인상을 박박 써 댔다.

“너, 이 새끼, 지금 죽고 싶은 거지? 글고 생뚱맞게 책임은 뭔 책임? 미친놈, 그래, 책임을 못 지겠다면 네놈이 뭐 어쩔 건데?”

“풋!”

가소로운 행태의 협박에 담용이 그만 피식하고 바람 빠지는 소리를 냈다.

“어라? 이 십쌔가! 어따 대고 피식거려?”

눈에 힘을 주던 갈대가 같잖다는 듯 째리고는 성큼 한 발 다가섰다.

“이봐, 대신 돈을 갚아 준 것도 있으니 한 번만 봐준다. 또 다시 개겼다가는 뻴뻴 기어서 갈 줄 알아! 그러니 알아서 기란 말이다, 이 새꺄! 에이씨. 퉤엣! 야! 곰아, 가자.”

“옛!”

턱!

담용이 돌아서는 갈대의 목깃을 잡아챘다.

“아니! 이 새끼가? 이거 못 놔!”

“못 놓겠다면?”

“씨불 넘이! 고옴! 이 자식 손 좀 봐 줘라.”

“옙!”

대답과 동시에 곰이라 불린 사내가 덩치답지 않게 담용의 얼굴을 날쌔게 가격해 왔다.

이에 갈대의 목깃을 잡은 채 상체를 슬쩍 비틀어 피한 담용의 무릎이 헛방을 친 덩치의 복부를 강타했다.

"훅!"

덩치의 주둥이가 별안간에 툭 불거지면서 볼이 빵빵해지는 순간, 담용의 왼손이 귀싸대기를 갈겨 버렸다.

쫘악!

"컥!"

그 한 방에 입안이 터졌는지 피를 내뿜으며 저만치 나가떨어지는 덩치다.

철퍼덕!

그런데 귀싸대기 단 한 방임에도 까무룩해진 건지 잠시 꿈틀대던 덩치의 움직임이 멎었다.

찰나의 갑작스러운 충격에 뇌가 지각하기도 전에 기절해버린 탓이었다.

한때 명국성의 패거리들이 공포의 손바닥이라고 불렸던 담용의 손이었으니 당연한 결과다.

그런 위력에 감정까지 담은 귀싸대기였으니 덩치라고는 하나 견딜 재간이 있을 리 만무했다.

"어, 어어…… 이, 이 새끼가……."

순식간에 벌어진 일에 어리벙벙한 갈대를 돌려세운 담용의 왼 손바닥이 지체 없이 좌우로 오갔다.

철썩. 철썩. 철썩 처얼썩!

"크윽! 큭. 컥!"

귀싸대기를 얻어맞을 때마다 고개가 힘없이 좌우로 흔들리던 갈대는 극악한 고통에 비명을 지를 새도 없었는지 연방 신음만 내뱉었다.

담용으로서야 잽도 되지 않는 존재라 힘을 쓰고 자시고 할 것도 없는 양아치다.

하나 그냥 가볍게 톡톡 쳐 대는 것이라도 정작 당하는 당사자는 지옥의 문턱을 넘나들고 있는 셈이었다.

한동안 손바닥을 놀리던 담용이 멈추고는 입을 열었다.

여전히 갈대의 목깃을 잡은 채다.

"네놈들, 어디서 왔어?"

"ㅇㅇㅇ……."

그야말로 그새 퉁퉁 붓다 못해 찐빵처럼 부풀어 오른 갈대의 얼굴은 온통 피투성이다.

신음 사이로 새어 나오는 입가로 진득한 피가 줄줄 흘렀다.

"어디 놈이냐고 물었다."

"끄ㅇㅇㅇ……."

정신 나간 듯한 갈대는 혼몽한 상태였던지 담용이 묻는 말을 알아듣지 못했다.

"호오! 대답이 없는 걸 보니 더 얻어맞겠단 말이지."

그 말에 정신이 번쩍 들었던지 파르르 떨던 갈대의 입술이 벌어졌다.

"끄으으…… 오, 오거리파……."

"오거리파?"

"으으…… 그, 그렇다."

"말이 반 토막인 걸 보니 더 맞고 싶은가 보군."

"그, 그렇소."

"사무실이 어디야?"

"가, 간석동이오."

"간석동?"

인천인지라 지리는 그리 정통하지 못한 담용이다. 기억의 저편에서도 인천 지역과는 별로 인연이 없었다.

"어디에 있어?"

"간석오거리에…… 이, 있소."

'호오, 그래서 오거리파라 이거지?'

"장확한 위치를 말해 봐."

"개, 갤러그호텔 뒤편이오."

"인원은 전부 몇 명이야?"

"배, 백 명가량 되오."

'백 명이라…….'

그것으로 알 것은 다 안 셈이다.

나머지는 명국성이에게 맡기면 해결될 일이었다.

갈대 녀석이 자신의 주민등록증을 보기도 했고 고모의 집도 알고 있으니 아예 싹을 잘라 버릴 결심을 한 담용이다.

더구나 세상에 하등 도움이 안 되는 양아치들인 바에야 인생이 불쌍치도 않다.

"이건 내 전리품으로 치자고."

담용이 갈대의 허리에 두른 색을 거둬들였다.

"어어…… 그거 아, 안 돼……."

안색이 홱 변한 갈대가 몸부림을 쳐 보지만 돌아오는 건 '철썩!' 하는 찰진 귀싸대기였다.

"카아악! 아, 안 돼-!"

갈대의 입에서 절규가 튀어나오면서 손을 마구 허우적댔다.

그도 그럴 것이 갈대의 밑천, 아니 오거리파의 밑천 중 하나를 통째로 빼앗기는 일이다. 하늘이 노랄 수밖에 없다.

이대로 빈손이 되어 돌아가는 것도 있을 수 없는 일이었지만 장부가 없으면 일숫돈을 놓은 사람들에게 돈을 받아 낼 수가 없기에 더 악착같았다.

협박을 해서라도 받아 낼 수야 있겠지만 증거가 없으니 손해가 막심할 수밖에 없다.

고로 사무실로 돌아가면 살아도 산목숨이 아닌 갈대로서는 결사적일 수밖에 없었지만 불행히도 상대가 너무 강했다.

자연 힘이 닿질 않으니 눈물로 호소할 수밖에 없다.

"제, 제발 그것만은 도, 돌려주……."

"풋! 네놈도 누구 사정을 봐준 일은 없었잖아? 그러니 나도 네놈처럼 대놓고 갈취하는 거다. 어때? 공평하지?"

그때 '에에엥' 하는 순찰차의 사이렌이 울리는 소리가 들려왔다.

누군가 신고를 한 것 같았다.

'쩝.'

경찰과 마주해서 좋을 일이 없다고 여긴 담용이 짧게 혀를 찼다.

그래도 시장 골목이라 순찰차가 진입하기 어려워 경찰이 도착하려면 약간의 시간이 있었다.

이런 이유로 경찰에게 자신의 신분을 밝힐 이유도 없다는 생각이다.

'고모, 이따가 뵐게요.'

일단은 모른 척하고 물러서는 것이 좋겠다는 생각이다.

하지만 그냥 가기에는 억울하다는 생각이 들었다.

놈들이 고모에게 한 짓을 생각하니 마음이 더 모질어지는 담용이다.

"안됐지만 한 대 더 맞자."

'자' 자가 끝나는 순간, 갈대의 무릎에서 '빠각!' 하는 소리가 났다.

"끄아아아……!"

담용의 발 차기에 무릎이 박살 난 갈대의 입에서 자지러지는 비명이 토해졌다.

쓰러지는 갈대를 그대로 내팽겨친 담용이 아직도 기절해 있는 덩치에게 다가가더니 발목을 밟아 버렸다.

뿌각!

"크흡!"

미동도 없이 기절해 있던 덩치가 별안간에 닥친 극통에 벌떡 일어나더니 비명을 질러 대며 뒹굴기 시작했다.

"나쁜 길은 일찌감치 포기하는 게 좋다."

갈대는 사정을 보지 않았지만 덩치는 그래도 물이 덜 든 것 같아 치료만 잘하면 생활에 문제가 없도록 적당히 손을 썼다.

조금 더 물이 들면 막무가내인 저런 녀석들이 더 무서운 법이기에 아예 발목을 분질러 버린 것이다.

갈대의 색을 둘러멘 담용이 그사이 몰려든 행인들을 향해 조용한 어조로 말했다.

"여러분, 고리대금을 하며 사람들을 괴롭히던 양아치들을 혼내 줬으니, 다시는 이곳에 얼씬도 하지 않을 겁니다. 그러니 경찰이 오더라도 잘 좀 말해 주시기 바랍니다."

그 말을 끝으로 살짝 묵례를 해 보인 담용이 인파를 헤집으며 걸음을 빨리했다.

담용이 행인들의 시야에서 사라질 즈음 경찰들의 호각 소리가 들려왔다.

삐이익! 삑. 삑. 삑.

그와 때를 같이하여 숨죽이며 지켜보고 있던 육순의 아주머니 한 분이 득달같이 육선여에게로 다가갔다.

"에그머니나, 옥천댁, 괜찮아?"

"아, 아주머니."

"그려, 나여. 정신 차리게."

육순의 아주머니가 서둘러 나선 것은 육선여가 인심은 잃지 않고 지내 온 흔적이었다.

"그, 그 사람들은……?"

불안한 눈초리로 묻는 육선여를 아주머니가 감싸 안으며 말했다.

"글쎄 말이여, 웬 듬직한 청년이 떡 나타나서는 저치들을 저렇게 만들어 놨구먼."

"……예?"

"함 보라구."

"……?"

무슨 일인가 싶었던 육선여는 저만치서 나뒹굴며 연방 신음을 뱉어 내고 있는 갈대와 덩치가 그제야 눈에 들어왔다.

"아, 아주머니, 이게 대체 어찌 된……."

"옥천댁에게 정의의 사자가 나타난 게지."

"저, 정의의 사자라뇨?"

"암은, 정의의 사자지. 저놈들이 가지고 있던 저승명부도 그 청년이 다 가져갔으니게 말이여."

“예?”

도무지 무슨 말인지 알아듣지 못한 육선여가 눈알만 굴릴 뿐이다.

“그것이 말이여, 인자 딱 잡아떼면 저놈들에게 돈 줄 일이 없다는 얘기라고.”

“저는…… 아직 돈을 못 갚았는데요?”

“에그, 답답혀. 아! 저놈들이 웬 청년에게 장부를 뺏겼다니께 자꾸 그래쌌네.”

“싸, 싸움이 있었던 거예요?”

쓰러져 고통을 호소하는 모습이 눈에 보이니 하는 말이다.

“쯧쯔쯔…… 혼이 나갔었던 게로구먼.”

“…….”

“암튼 인자 일숫돈에 대해서는 안심해도 되니께, 언능 몸을 추스르더라고.”

“아, 네…….”

육선여가 웅크렸던 몸을 일으킬 때 현장에 두 명의 경찰이 도착했다.

“여기 무슨 일이 있었습니까?”

누구를 지칭해서 한 말은 아니었지만 육선여를 부축하고 있던 육순의 아주머니가 나섰다.

“아, 보면 모르오?”

“이 사람들이 누구랑 싸웠습니까?”

물으면서 쓰러진 갈대와 덩치를 살피는 경찰이다.

"그렇다오."

"이런! 무릎이 완전히 망가졌군."

"김 경사님, 여기는 발목이 나갔는데요?"

"이 순경, 빨리 구급차 불러!"

"넵!"

"어라? 이 녀석은 오거리파의 갈대잖아?"

김 경사의 시선이 덩치에게로 향했다.

"얼라? 저놈은 곰이네."

관할 구역이라 뒷골목 족보에 대해서는 환했던지 대뜸 두 사람을 알아보는 김 경사다.

지독한 일수쟁이라는 것도 안다.

으레 그렇듯 돈이 된다면 손대지 않는 사업이 없는 놈들이 아닌가?

'이 자식들이 패싸움을 벌였나?'

패싸움의 상대는 접경 지역인 십정동 사거리파임을 모르지 않는 김 경사다.

하지만 이렇듯 깊숙이 남의 구역에 들어와 패싸움을 벌이는 일은 드물었다.

'기습을 당한 건가?'

"아주머니, 누가 이랬습니까?"

"몰러, 웬 낯선 청년이라는 것밖에는."

"혹시 인상착의를 말해 줄 수 있겠습니까?"

"몰러. 금세 후다닥 끝내고는 저쪽으로 도망가는 것만 봤으니께."

아주머니의 말로는 도움이 안 된다고 여겼는지 김 경사가 구경꾼들을 향해 소리쳤다.

"가해자를 보신 분 없습니까?"

"……."

현장을 벗어난 담용이 갈 곳이라고는 김 영감의 사무실밖에 없어서 그리로 향하고 있었다.

누군가에게 전화를 하는지 휴대폰을 귀에 댄 채다.

–형님, 저 국성이입니다.

"차례는 잘 지냈소?"

–넵. 형님 덕분에 그 어느 때보다도 뿌듯하게 보내고 있는 중입니다.

"다행이오."

–근데 푹 쉬시지 않고 어쩐 일로 전화를 다 하셨습니까?

"부탁할 일이 있어서요. 이거 오랜만에 즐거운 시간을 깨트려서 어떡하지요?"

–별말씀을 다 하십니다. 근데 부탁이라니요? 뭐든 말씀

만 하십시오. 제가 할 수 있는 일이라면 물불을 가리지 않겠습니다.

"고마운 말이오. 혹시 인천의 오거리파라고 알고 있소?"

-오거리파라면……. 아! 간석오거리에 있는 놈들 말이군요.

"맞소. 잘 아오?"

-족보만 꿰고 있을 뿐이지 잘 알지는 못합니다.

"그놈들을 손 좀 봐 줘야겠는데, 가능하겠소?"

-하하핫, 얼마든지요. 근데 무슨 일입니까?

"놈들이 내 고모님을 건드렸소."

-예에? 형님의 고모님을 건드렸다고요?

"그렇소."

-이런 쳐 죽일 놈들! 그걸 그냥 뒀습니까?

"뭐, 직접 처리하기에는 손이 지저분해질 것 같아서 부탁하는 거요."

-하긴, 그놈들이 떼거리로 덤벼 봐야 형님의 한 주먹거리도 안 될 겁니다. 제게 맡겨 주십시오.

"놈들 패거리가 백 명 정도 된다더군요."

-하핫, 백 명이 아니라 천 명이라도 문제없습니다. 그러지 않아도 빡 세게 훈련을 받은 뒤에 몸이 근질근질하던 참이었습니다. 저도 그렇지만 애들도 마찬가지고요.

"그럼 시간을 끌 것 없이 내일 당장 해치우는 건 어떻소?"

—에? 내, 내일요?

"왜? 문제가 있소?"

—그게…… 좀 알아봐야 할 게 있어서요.

"그게 뭐요?"

—물론 전격적으로 치고 빠지겠지만, 백 명이나 되는 인원을 모두 처치하기에는 무리가 있을 겁니다.

"그게 뭔 뜻이오?"

—아, 정보가 샐 수 있다는 말입니다.

"아아, 뭔 뜻인지 알겠소."

—남은 녀석들이 다른 패거리와 연합을 해서 복수해 올 가능성이 있으니 신중해야 한다는 거지요.

"그리 쉽게 정체를 파악할 수 있는 거요?"

—예, 어차피 이 바닥이 워낙에 좁아 터져서 한두 사람 건너면 다 알게 되어 있는 구조라서요.

"흠, 그러니까 당장은 어렵다는 얘기군요."

—꼭 그렇지는 않습니다. 단지 조금 귀찮아질 수 있다는 것뿐이니까요. 뭐, 그 점에 대해서는 묘안이 없지도 않고요.

"하면?"

—내일 실행할 수 있도록 애들부터 모으겠습니다.

"조심하시오."

—그 점은 걱정하지 않으셔도 됩니다.

"노파심에서 말하는 거지만, 설혹 뒷배가 있더라도 상관

하지 말고 부숴 버리시오."

-넵!

"만약 문제가 생길 시에는 그 뒷감당은 내가 맡겠소."

-하하핫, 든든하네요. 알겠습니다. 뭐, 사망자만 나오지 않으면 되겠군요.

"당연히 사망자가 나와서는 곤란하오."

-명심하지요. 그럼 처리해 놓고 보고를 드리겠습니다.

"수고하시오."

BINDER
BOOK

천성은 예전과 다름없었다

부르릉! 부우웅.

전조등을 켠 담용의 애마가 언덕길을 힘차게 오르고 있었다.

족히 너덧 시간을 김 영감 사무실에서 시간을 보낸 담용은 고모가 좌판을 걷은 것을 확인하고 찾아가는 중이었다.

시장통 뒷골목을 통해 고모가 살고 있는 집으로 가는 오르막길은 다행히도 차가 비켜 갈 수 있을 정도의 폭이었다.

그런데 굴곡이 진 도로인 데다 움푹 파인 곳이 많아 차가 수시로 덜컹거렸다.

'마치 난민촌 같은 기분이 드는 동네로군.'

판자촌까지는 아니었지만 중앙의 도로를 제외하면 집과

집 사이는 몸 하나 겨우 지나갈 만한 좁은 골목이 마치 암굴처럼 꼬불꼬불했다.

오르막길 초입에는 연립주택이 더러 있었지만 중간 어름부터는 모두 고만고만한 집들이 게딱지처럼 서로를 싸안고 있는 모양새다.

쿠울럭! 덜컹!

담용의 애마가 언덕길을 채고 오르더니 평평한 길로 들어섰다.

그런데 평지다 싶더니 또다시 오르막길이 눈에 들어왔다.

'에구, 또야?'

이번에는 지나온 길보다 더 경사가 진 도로였다.

'이거야 원.'

웬만한 출력으로는 올라가지도 못할 것 같은 급경사다.

하지만 레인지로버에게는 부담이 되지 않는 고각 도로였다.

꾸욱.

저단 기어를 이용해 액셀러레이트를 지그시 밟았다.

부릉. 부아아앙-!

탄력을 받은 레인저로버가 묵직한 소음을 내며 오르막길을 단숨에 점령해 갔다.

그렇게 잠시 더 나아가자 마침내 도로가 끝나는 지점이 보였다.

그런데 오르막길인 데다 정차할 곳도 마땅치 않은 협소한 길이다.

'쯧, 폭이 되려나?'

담용은 차를 돌리는 몇 번의 수고를 하고서야 내리막길로 향해 겨우 돌려놓을 수 있었다.

거기에 워낙 급경사인 탓에 뒷바퀴에 돌까지 고여야 했다.

"휴우-!"

산등성이라 그런지 공기는 좋은 것 같았다. 들이쉬는 숨결에 오염이 느껴지지 않는 걸 보면 그 점은 괜찮다 싶었다.

다만 궁벽한 곳이다 보니 오물과 쓰레기가 지천인 것이 아쉬웠다.

'김 영감이 재개발 예정지라더니, 관리가 엉망이군.'

담용은 올망졸망 모여 있는 집들 중에 얼마 안 가서 삭아버릴 듯한 녹슨 양철 대문이 있는 집으로 갔다.

허름하다고 해도 민망한 집은 함께 너덧 시간을 보내면서 김 영감에게 귀에 딱지가 앉을 정도로 들었던 터라 찾기는 어렵지 않았다.

텅텅텅.

초인종이 없으니 문을 두드려야 했다.

"계십니까?"

그렇게 불러 놓고 조금 기다려도 대답이 없다.

불빛이 새어 나오는 것으로 보아 사람이 있는 듯한데도 말이다.
쿵쿵쿵.
"계세요?"
드르륵.
미닫이문이 열리면서 늙수그레한 음성이 들려왔다.
"뉘요?"
김 영감이 말하던 주인 할머니 목소리다.
"할머니, 옥천댁을 찾아온 사람입니다."
"옥천댁을 찾는다고?"
미닫이문 사이로 얼굴만 빼꼼 내민 파마머리의 주인 할머니가 되물었다.
"예, 죄송하지만 안에 계시면 조카가 찾아왔다고 전해 주시겠어요?"
"조카라고?"
문은 열어 주지 않고 쓸데없이 두 번씩이나 되묻는 주인 할머니의 의도가 이상했지만 담용은 여전히 공손한 어조로 대답했다.
"예, 부천에 사는 조카라고 하면 알 겁니다."
"정말 부천에서 왔는감?"
"예."
"그려? 그람 잠시 지둘려 봐."
주인 할머니가 문을 닫고 들어가더니 한동안 꿩 구워 먹은 소식이다.

담용이 아무리 살펴봐도 바깥채가 없는 달랑 한 채의 집이라 고개를 갸웃했다.

'같이 사나?'

집 구조만 봐도 그럴 것 같다는 생각을 하고 있을 때, 다시 드르륵하고 미닫이문이 열리더니 주인 할머니가 슬리퍼를 끌고 나와 문을 열어 주었다.

"갸가, 지금 많이 아퍼."

"예? 아프다고요?"

"그려, 낮에 시장에 갔다가 식겁한 일이 있었는가 벼. 머리 싸매고 드러누웠어. 들어와."

"아, 예."

'쯧, 많이 놀랐을 테지.'

낮의 일을 떠올리니 새삼 놈들이 더 괘씸한 생각이 드는 담용이다.

그런데 주인 할머니의 호칭이 편한 걸 보니 고모와 사이가 나쁘지 않은 것 같아 적이 안심이 됐다.

'하긴 고모님 성품이 여간 착하셔야지.'

옛말에 악한 끝은 없어도 선한 끝은 있다고 했다.

쪼들리는 삶이지만 대개가 그렇듯 없는 사람 사정은 같은 처지의 사람이 더 잘 알아 서로 도우며 살아간다.

주인 할머니의 말투에서 그런 심성이 엿보였다.

"이리로 와."

주인 할머니가 집 오른쪽 모퉁이로 담용을 안내했다.

뒤뜰로 가는 좁디좁은 통로는 사람 하나가 겨우 지나갈 폭이었다. 게다가 컴컴하기까지 했다.

"들어가 봐."

"여기로요?"

"그려, 거기도 사람 사는 곳이여."

"아, 예. 감사합니다."

머리를 숙여 보인 담용이 안력을 돋워 통로를 지나 뒤뜰로 들어서니, 합판으로 덧댄 조잡한 문이 보였다.

'제길…….'

얼핏 봐도 뒤뜰을 놀릴 수 없어 본채에 달아낸 움막집이었다.

그러니 대문에서 볼 수가 없었던 것이다.

본채의 뒷문과 연결된 구조임을 안 담용은 그제야 주인 할머니의 처음 행동도 이해가 갔다.

주인 할머니는 뒷문을 이용해 고모에게 그가 온 것을 말한 것이다.

털컥.

문을 열었다.

'어?'

부엌일 것이라 여겼던 공간이 무릎 높이의 턱이 있는 실내가 아닌가?

주방은커녕 수도도 없는 달랑 방 한 칸이 전부인 집에 순간 담용의 억장이 무너졌다.

하지만 지금은 그게 대수가 아니다.

희미한 불빛 아래 부스럭거리며 힘들게 몸을 일으키는 육선여가 눈에 들어왔다.

이마에 천을 질끈 동여맨 모습은 정말 편찮아 보였다.

"고, 고모!"

"누, 누구……?"

"나야, 담용이."

"으응? 다, 담용이?"

"그래, 나라고! 육담용이!"

그 옛날 철없던 시절 고모를 만만하게 대하며 버럭버럭하던 버릇이 그대로 나오는 담용이다.

부친의 형제 중에 딸이라고는 막내인 고모밖에 없어 가장 친했었다.

그것이 만만하게 여겨졌던 탓에 말버릇이 없어진 것이다.

"네, 네가……?"

전혀 기대하지 않았던 조카가 방문한 것에 많이 놀랐었던지 육선여는 마치 바보가 된 것처럼 멍한 표정이다.

"씨이, 얼마나 찾았는지 알아?"

"네가 어, 어떻게 여길……?"

당황한 기색이 역력한 육선여의 얼굴에 온갖 감정이 버무려졌다.

하지만 여자의 본능은 어쩔 수 없었는지 얼른 헝클어진 머리부터 매만지며 몸을 가누었다.

그러고도 잠시 그렇게 멍한 표정을 짓던 육선여의 입술이 파르르 떨렸다.

"저, 정말 네, 네가 담용이니?"

무려 9년이란 세월을 흘려보내고 만나다 보니 쉽게 믿어지지 않는다는 눈빛을 자아내는 육선여다.

부친의 장례식 이후로 첫 만남인 것이다. 모친의 장례식 때 전화로 연락을 했었지만 도통 통화가 되지 않았었다.

지금의 처지를 보면 아무래도 그때쯤 사달이 난 듯했다.

뭐, 아무래도 좋았다. 이제라도 만났으면 된 것이다.

"첫! 이젠 조카도 못 알아보는 거야?"

"그, 그게……."

"됐고. 여긴 왜 와서 사는 건데?"

담용이 구두를 벗고 방으로 들어서며 철퍽 주저앉았다.

"저, 정말 담용이구나."

"그럼, 내가 담용이 아니면 누구겠어?"

"마, 많이 컸구나."

"씨이, 세월이 얼마나 지났는데 지금까지 고딩일까?"

고모의 기억에는 아직도 담용이 고등학생이었을 때의 모

습이 남아 있을 것이다.

"그, 그렇긴 하네."

"근데 왜 대답 안 해?"

"뭐, 뭘?"

"왜 여기까지 굴러 와서 사느냐고 물었잖아?"

"어쩌다 보니 그, 그렇게 됐구나."

"씨이, 이게 뭐야?"

툴툴거리며 집 안을 살펴보니 이건 살림집이라고 할 수가 없는 곳이었다.

척 봐도 아궁이도 없는 골방에 몸 하나 누이면 그만일 정도로 협소한 거처였다.

간이용 가스버너에 밥솥이 올려져 있고 냉장고는 가동이 될까 싶은 미니형 고물이었다.

거기에 가구라고는 조립식 옷장 달랑 하나.

갖다 버려도 주워 가지 않을 고물 반닫이 위에 이불 두 채가 놓여 있었고, 벽에는 두서너 벌의 옷이 못에 걸려 있다.

지극히 단출한 살림살이는 그것이 전부였다.

하기야 더 들여놓고 싶어도 그럴 공간이 있어야 말이지.

벽 곳곳에 핀 곰팡이 사이로 부착된 선반엔 신발 두 켤레가 가지런히 놓여 있었다.

그런 환경 속에서 살아가고 있는 고모의 송장 같은 모습은 덤이었다.

절로 코끝이 찡해진 담용은 눈물샘이 눌리면서 망막이 흐려지자 눈을 깜빡이지도 못했다.

깜빡이기라도 하면 금방이라도 눈물이 줄줄 흘러내릴 것 같아 짜증을 내는 것으로 숨겨 버렸다.

"씨이…… 어디가 아파서 머리까지 싸매고 드러누워 있는데?"

"후훗, 녀석."

"젠장, 지금 웃음이 나와?"

"그럼 오랜만에 조카를 만났는데 울어야겠어?"

맞다. 저게 원래 고모의 성격이다.

오랜만에 그런 성격을 대하고 보니 담용은 새삼 옛날 생각이 났다.

곤경에 처했어도 앓는 소리를 하지 않는 심성은 지금도 여전한 고모였다.

"쳇! 어디가 아프냐고 물었잖아?"

"아픈 거 아냐."

"주인 할머니가 많이 아프다고 했단 말이야."

사정을 빤히 알고 있었지만 어린아이가 떼를 쓰듯 악악대는 담용이다.

이는 고모가 미워서가 아니라 그녀가 곤궁한 삶을 혼자 감내해 온 것이 못내 아렸기 때문이었다.

뭐, 일종의 어리광도 섞이긴 했지만 말이다.

"별거 아냐. 낮에 조금 놀란 일이 있어서 그래. 조금 쉬면 괜찮아질 거야."

"흐이구, 추석 명절인데 혼자 골방에서 뭐 하는 짓이래?"

"녀석아, 지난 8년을 이렇게 살아왔는데 새삼스럽게……."

고모의 눈이 새초롬해진다.

"어떻게 된 거야? 아니, 고모부는 어디 갔어?"

"고모부?"

"그래, 고모를 이렇게 팽개쳐 놓고 그 작자는 어디 갔냔 말이야?"

"풋, 네 고모부와는 헤어졌어."

"뭐? 헤, 헤어졌다고?"

깜짝 놀란 담용의 언성이 높아졌다.

헤어졌다면 이혼했단 말이니 놀라지 않을 수 없었던 것이다.

담용이 알기로 두 사람 사이에 아이만 없었지 금슬은 좋았었다.

"쉿. 조용히 해, 주인 할머니 들으신다."

"아, 미안. 왜 헤어졌는데?"

"그럴 일이 있었어."

표정까지 굳히는 것으로 보아 더 말하고 싶지 않은 기색임을 알았다.

당장은 그 벽을 깰 이유도 없었고 또 앞으로 설득할 시간이 많다고 여기고는 다시 물었다.

"그게 언젠데?"

"8년 전이야. 호홋, 세월이 참 빠르구나. 이혼한 지도 어느 새 8년이 지났다니 말이다."

'쳇, 속도 좋다.'

원래 그런 성격이니 담용은 그러려니 했다.

찾아온 운명대로 순응해서 사는 성품이니 어련할까?

사실 눈물 콧물을 짜면서 징징대는 것보다는 백 번 천 번 낫지 않은가?

그런 성격이다 보니 이런 살림임에도 9년 만에 본 조카 앞에서 창피함 같은 기색조차 없는 그녀다.

담용은 그런 고모의 성품이 짠하면서도 좋았다.

'천성은 변하지 않는다더니 성격이 예전과 다름없네.'

"그 인간이 위자료도 안 줬어?"

"그렇게 모진 사람은 아니었잖니?"

받았다는 얘기다.

"그런데?"

"그럴 일이 좀 있었다."

또 그럴 일이 있었다며 입을 다무는 육선여라 담용도 그 부분을 더 채근해서 물어보지 않았다.

뭐, 어차피 이런저런 사정이야 차차로 알아 가면 되는 일인 만큼 급할 것은 없었다.

지금 당장 시급한 문제는 고모를 이런 환경에서 살게 할 수는 없단 것이다.

고로 어떻게 해서든 집으로 데려가야 했다. 눈으로 보지 않았다면 또 모를까.

담용은 그 말을 할 시기를 재고 있는 중이었다.

"그건 그렇고 너횐 어떻게 살고 있냐?"

역시나 급히 화제를 돌려 담용의 근황을 물어 오는 육선여다.

"네 엄만 건강하고?"

"엄마?"

"응, 올케가 많이 보고 싶네."

"엄마는 아버지 곁으로 가셨어."

"뭐?"

죽었다는 말에 육선여가 해연히 놀란 표정을 자아냈다가 곧장 물어 왔다.

"어, 언제?"

"고모가 이혼한 그 시기쯤에."

"8년 전?"

"응, 고모에게 연락을 했었지만 전화가 불통이더라고."

"그, 그랬을 거야."

육선여는 누구라도 짐작할 수 있는 일이라 거길 떠났다는 말은 하지 않았다.

"아무튼 이 고모의 죄가 크구나, 가 보지도 못하고. 엄마가 많이 아팠었니?"

"과로사였어."

단 한마디로 일축하는 담용. 역시 거기에 대해서는 더 말하고 싶지 않은 심정을 내비쳤다.

"그, 그랬구나. 아버지 곁에 모셨고?"

"응, 추석 전에 납골당에서 가족 묘지로 이장했어."

"어디로?"

"같은 장소야."

"공설묘지?"

그 당시는 인천공설묘지여서 하는 소리다.

"응."

"큰……일을 했구나."

그렇게 잠시 담용을 응시하던 육선여가 입을 뗐다.

"네가 고생이 많았겠구나."

"나?"

"당연한 거 아니니? 그래서 네가 동생들하고 어찌 살았는지 더 궁금해진다, 얘."

"쳇! 그게 왜 궁금한데?"

"인석아, 고모야 홀몸이라 어떡하든 살아갈 수 있다지만 너는 동생들이 줄줄이 달렸잖아?"

"걱정 마, 우린 잘 살고 있으니까."

"그래?"

"응."

"얘, 정말로 그렇다면 좋겠다."

"칫!"

"여전히 부천에서 살고?"

"응. 근데 이사했어."

"어디로?"

"원래 살던 집에서 그렇게 멀지 않아."

"이사할 이유가 있었어?"

그렇게 묻는 육선여의 표정에 근심이 살짝 깃들어 있었다.

반지하 연립이었더라도 자신 소유의 집이었다. 그런데 거길 팔고 전세나 월세로 간 것은 아닌가 하고 우려하는 눈치임을 담용은 단박에 알아챘다.

'정말 성격은 하나도 안 변했네.'

아마도 부모 없이 어린 5남매가 살아온 것에 걱정이 많이 되는 기색이다.

자신의 처지만 좋았다면 자주 들여다보며 살펴 줬을 고모다.

그런 고모의 마음을 알면서도 담용의 입에서 나오는 대답은 엉뚱하게도 불퉁했다.

"왜? 거리로 나앉았을까 봐 걱정돼?"

"얘는…… 무슨 대답이 그러니?"

"고모! 지금 내가 고모를 보고 무슨 생각이 들었는지 알기나 해?"

"호홋, 그걸 왜 모르겠니? 네 마음과 반대로 내게 툴툴댄다는 걸 모를 리가 있겠어?"

'쳇, 알긴 잘 아네.'

"고모가 걱정할 정도로 궁핍하게 살지는 않아."

"호호홋, 다행이구나. 동생들은 잘 지내는 거지?"

"그거야 내 말보다 직접 가서 확인해 보면 될 것 아냐?"

"그래, 며칠 후에 가 보도록 할게."

"며칠 후는 무슨! 당장 보따리 싸서 가면 되지."

"얘는, 어떻게 그러니?"

"고모, 지금 내가 그냥 하는 말이라고 생각해?"

"고모는 못 가."

"아니, 왜?"

"나까지 네게 부담 주기 싫어서 그래."

"푸헐! 그런 걱정은 우리 집에 와 보고 해도 늦지 않아. 그리고 정말 안 되겠다 싶으면 그때 다시 돌아오면 되잖아?"

담용은 자신이 돈을 많이 벌었느니, 집에 방이 몇 개니 하는 말은 한마디도 하지 않았다.

어차피 말로 하는 것보다 직접 가 보고 느끼는 것이 실감이 날 것으로 여겼다.

"명절이잖아? 핑계 김에 조카 집을 방문하기 딱 좋은 땐데 뭘 주저하는 거야? 그리고 애들 안 보고 싶어?"

"걔들이야 당연히 보고 싶지."

"그럼 두말할 것 없으니 짐 싸."

"인석아, 아닌 밤중에 홍두깨도 아니고 별안간에 어떻게 짐을 싼단 말이니?"

"젠장, 쌀 것도 없는 짐인데 어때? 빨리! 나 배고프단 말이야."

"에그머니! 어쩌냐? 밥이 없는데……."

"그거야 집에 가서 먹으면 돼. 혜인이 고것이 음식 솜씨가 제법이라 엄청 맛있거든, 히히힛."

"그러니?"

"그건 직접 가서 맛을 보면 알게 돼. 어서 가자."

"알았다. 하룻밤만 자고 와야 하니 짐은 쌀 것 없다."

"나참, 또 여기로 오겠다고?"

"그럼, 내 집인데. 장사도 해야 하고."

'정말 못 말린다니까.'

담용은 여기서 더 말하기보다 한발 물러서기로 했다.

동생들과 같이 떼를 쓰면 고모의 고집도 한풀 꺾이리라 생각한 것이다.

"알았어. 나 먼저 나가 있을 테니까 준비하고 나와."

"그래."

담용이 일어서서 나가려는데 육선여가 물었다.

"너 핸드폰 있니?"

"응. 왜?"

"잘됐다. 우리 택시 불러서 타고 가자."

"여기 택시도 와?"

"응. 여기가 너무 꼭대기라 급할 때 이용하지. 요 밑에 개인택시 하시는 아저씨들이 제법 많이 살고 있어서 바쁜 일이 있을 때 종종 불러서 이용해."

비번인 택시를 아는 사람끼리 살짝살짝 이용한다는 소리다. 당연히 공짜는 아닐 것이다.

"필요 없어. 대문 앞에 내 차를 주차해 놨으니 얼른 나오기나 해."

"어머! 차도 있어?"

"고모, 이 조카를 너무 띄엄띄엄 보는 거 아냐?"

"호호홋, 미안."

자가용이 있다는 담용의 말에 육선여의 표정이 봄바람처럼 풀렸다.

시장 재개발

성동구 M시장 부근.

담용은 명절 연휴가 끝난 아침 일찍부터 집을 나서 그길로 곧장 마장동으로 왔다.

아무런 연고도 없는 곳으로 올 수밖에 없었던 이유는 당연히 육선여, 즉 담용의 고모의 일 때문이다.

"후훗, 지금쯤 고모 집에서 여동생들이 난리를 쳐 대고 있겠군."

말인즉 어제저녁 고모의 처지를 안 혜린이와 혜인이 더 난리를 쳐 대며 법석을 떨었었다.

그래서 아침이 되자마자 고모를 강제를 끌고 만수동으로 가는 것을 본 담용이다.

아마도 담용이 귀가했을 때는 고모의 짐 정리는 물론 거처까지 깔끔하게 정리되어 있을 것이다.

'녀석들.'

두 여동생의 하는 양을 보면서 담용은 역시 집에는 여자가 있어야 한다는 말이 진리임을 실감했다.

'후후훗, 얼마나 난리 법석을 쳐 대던지…….'

유료 주차장에 차를 주차시킨 담용은 도로 건너에 있는 M시장으로 향했다.

'아직도 재개발을 하지 않고 있다니…….'

시장 인근이 많이 낙후되어 있어 재개발이 시급해 보임에도 어쩐 일인지 지지부진하고 있는 모습이다.

'저기가 조합 사무실이로군.'

맞은편의 3층 건물의 창문에 'M시장재개발조합사무실'이라고 큰 글자체로 쓰여 있었다.

그런데 글자도 바랠 대로 바랬지만 조합 사무실 역시 지나온 세월만큼이나 낡아 보이는 것이, 그만큼 일의 추진이 여의치 않다는 것을 보여 주고 있었다.

'일단 주변부터 둘러보고 사무실에 들러 보자.'

시장으로 들어서자 명절 끝인 데다 시간이 일러서 그런지 문을 열고 장사를 준비하는 가게가 드문드문했다.

그야말로 재래시장의 전형적인 모습을 띤 M시장은 얼핏 보기에도 그리 좋은 광경은 아니었다.

오랜 세월의 흔적이라지만 관리가 전혀 되어 있지 않아 건물도 좌판도 모두가 낡고 허름했다.

요즘은 낡고 지저분해진 재래시장을 재개발을 통해 현대식 재래시장으로 탈바꿈시키고 있는 추세다.

아마도 M시장 역시 시류에 편승해 재개발을 함으로써 활성화시키려는 의도였으리라.

가장 큰 원인은 대형 마트의 등장이라고 해도 과언이 아니었다.

그러지 않으면 '원스톱쇼핑'을 모토로 하는 대형 마트의 공세에 견딜 수가 없게 된다. 즉, 알게 모르게 도태되는 것이다.

그런데 시장을 개선해야 함을 알면서도 재개발이란 자체가 쉽지 않아 원만하게 진행되는 곳은 손에 꼽을 정도로 드물었다.

이건 대한민국의 성인이라면 누구나 다 알고 있는 사실이다.

그건 재개발을 추진함에 있어 책임을 진 조합장치고 쇠고랑을 차지 않은 사람이 없을 정도인 것만 봐도 알 수 있는 일이다.

기실 그 속을 들여다보면 복마전이나 다름없이 얽혀 있다.

그래서인지 M시장도 추진하다가 삐끗한 모양새다.

'쯧, 시장 재개발만큼 골치 아픈 것도 없는데…….'

이를테면 조합장 선거부터 시작해서 건설 회사의 선정, 건물주들의 입김, 권리를 빼앗기지 않으려는 세입자들의 목소리, 가판 상인들의 권리 주장, 심지어 사람이 지나다니는 인도에서 판을 펼쳐 놓고 장사를 하던 상인들까지 권리를 달라며 끼어든다.

거기에 슬쩍 끼어드는 그 지역 조직폭력배의 횡포도 재개발을 지연시키는 데 한몫을 했다.

속사정이 이러니 고모, 육선여가 8년 전에 투자했음에도 지금까지 꿈쩍도 않고 있는 것이다.

아니, 8년 전의 투자라면 이미 그 전부터 시작했다고 봐야 했다.

다른 바쁜 일을 제쳐 두고 이렇게 나선 것도 고모가 8년 전에 사기를 당한 곳이라 더 늦기 전에 파헤쳐 보기 위해서다.

담용이 이런저런 생각에 시장을 두리번거리며 끄트머리쯤 다다랐을 때다.

껄렁껄렁해 보이는 사내 셋이 짝다리를 짚은 채 담배를 피우다가 담용에게 말을 걸어왔다.

"어이! 거기, 딱지 사러 왔소?"

'딱지? 맞다!'

재개발 지역이라면 어김없이 등장하는 용어가 바로 '딱지'임을 안 담용이 머리를 저었다.

한눈에 봐도 동네 양아치 수준의 사내들이라 말도 섞기 싫어 단호한 어조를 말했다.

"아니오."

"에이, 딱 봐도 투자할 데를 찾는 것 같구만 뭘."

"그냥 볼일이 있어서 온 것이니 신경 쓰지 마시오."

"이봐, 급하게 돈이 필요해서 가판 딱지를 싸게 내놓은 게 있는데 어때? 뭐, 흥정도 가능하니까 한번 보지그래?"

그래도 고객을 유치해 보겠다고 애쓰는 것 같지만 말투에서 곱지 않은 기색이 역력했다.

'유치한 놈들.'

"관심 없소."

담용은 내심만큼이나 냉랭하게 한마디 내뱉고는 오던 길을 되돌아갔다.

그런데 몇 발자국 떼기도 전에 담용의 귀로 지독한 욕설이 들려오는 것이 아닌가?

"육시랄 새끼, 딱지를 살 것도 아니면서 뭐하러 돌아다녀, 재수 없게. 썩을, 퉤엣!"

우뚝.

담용이 돌아섰다.

셋 중 팔뚝에 요란스러운 문신을 새긴 사내가 담용에게 눈을 부라리고 있었다.

저런 모습으로 딱지 영업을 하고 있다는 것이 어이없기도 했지만 거절하고 돌아서는 사람에게 대뜸 욕설을 퍼붓는다는 것도 있을 수 없는 일이었다.

아무래도 싹수가 보인다 싶으면 달라붙어서라도 강매할 것이 틀림없는 양아치들일 것이다.

놈들이 쥐고 있는 가판 딱지조차도 힘없는 서민들의 권리를 갈취했을 확률이 십중팔구다.

양아치나 조폭 들이 재개발 지역에 괜히 끼어드는 것이 아니다. 주워 먹을 콩고물이 쏠쏠한 것이다.

그렇다고 욕설을 퍼붓다니.

이유 없는 욕설과 비난을 잠재우는 건 굴종이 아니라 자신의 온전한 실력뿐임을 다시 한 번 절실하게 느끼는 순간이었다.

담용은 그냥 참고 넘어가고 싶지 않아 눈에 힘을 주고는 감정을 실은 말투를 내뱉었다.

"그 말, 지금 나한테 한 건가?"

존대를 할 이유도 없어 반말투다.

"어쭈, 시방새가 겁대가리 없이 반말을 해 대네. 하! 그래, 씨불 넘아, 여기 너 말고 누가 있냐?"

담용이 눈을 좁혔다.

"얼레? 그렇게 꼬나보면 어쩔 건데?"

사내는 보통 이런 경우 자신들이 막말을 해 대더라도 누구든 꽁지를 말고 도망갈 것이라고 여겼다가 담용이 의외로 대거리를 해 오자 재미있다는 듯 실실 웃으면서 말끝마다 욕설을 해 대는 것이었다.

마치 심심한데 소일거리가 생겼다는 듯한 행동과 표정이다.

담용의 눈썹이 꿈틀했다.

"그만해라. 그러지 않으면 그 말에 책임을 톡톡히 져야 할 거다."

"하! 그 새끼, 말하는 꼬라지 참 거시기하네. 그래, 시러베 잡종 넘아, 내가 책임진다. 어떻게 하나 함 보자. 개새끼, 또라이 새끼, 좆 깔 놈, 바퀴벌레 잡종 새끼, 지 어미하고 붙어먹을 새…… 어?"

재미가 들렸는지 한풀이하듯 연방 욕설을 뱉어 내던 사내가 느닷없이 눈앞에 그늘이 지는 것에 흠칫하는 순간이다.

고무줄이 쭈욱 늘어나듯 소리 없이 다가선 담용이 다소 과하다 싶은 따귀를 가차 없이 날렸다.

처얼썩!

"컥!"

차진 소리에 이어 문신 사내의 입에서 피가 섞인 이빨이 왕창 튀어나옴과 동시에 억눌린 비명이 터져 나왔다.

쿠당탕탕.

추석 대목에 팔고 쌓아 놓았을 법한 생선 궤짝 더미에 처박힌 문신 사내의 몸으로 궤짝들이 덮쳤다.

“어? 허, 허방아!”

“아니! 이 시방 새가?”

느긋하게 문신 사내가 하는 양을 재미있다는 듯 구경하고 있던 두 사내가 뒤늦게야 깜짝 놀라서는 자세를 잡았지만 소금을 가마니째 씹어 댄 표정이다.

아울러 갑작스러운 돌발 사태에 과부하 상태가 된 뇌가 일시 판단 능력을 상실한 탓에 두 사내를 버벅거리게 했다.

하지만 놈들에게 틈을 줄 리가 없는 담용의 몸은 전광석화처럼 움직였다.

주먹질과 발길질이 거의 동시에 이루어졌다.

주먹은 키 큰 사내의 턱주가리를, 발은 작달막한 사내의 정강이를 차례로 강타했다.

덜컥!

“칵!”

모가지가 뽑힐 정도로 턱을 세차게 얻어맞은 사내가 새된 비명을 내뱉고는 거꾸러지고.

빠각!

“아악!”

정강이뼈를 가격당한 사내는 줄 끊어진 마리오네트처럼 그 자리에 주저앉았다.

그러나 화가 엄청 났던지 거기서 그치지 않는 담용이다.

‘이 새끼들이 감히 모친을 들먹여서 욕을 해!’

그랬다. 문신 사내가 담용의 모친까지 입에 담아서 욕설을 해 댄 것이 그로 하여금 이성까지 잃게 만든 것이다.

그러지 않아도 살아가는 내내 생각하는 것만으로도 눈물이 나는 불쌍한 모친을 인생 하바리들이 들먹인 것은 도무지 용서가 되지 않았다.

그런 탓에 놈들의 구역이고 뭐고 개무시하고 작살을 내 버리겠다는 마음을 먹었다.

한마디로 역린을 건드린 셈이었다.

퍽! 뿌각. 퍽! 빠각. 퍽! 뿌득. 퍼억! 빠득.

발길질을 할 때마다 사내들의 몸에서 뼈가 부서지는 소리가 요란했다.

"으아아아-!"

"커컥, 살, 살려 줘-!"

"시끄럿! 살려 둘 가치도 없는 새끼들은 죽어도 싸!"

퍽! 퍽! 퍼퍽!

"사, 살려 주세……요-!"

"제, 제발. 자, 잘못했어요!"

경험치를 넘는 공포에 사색이 된 두 사내의 얼굴빛은 이미 시꺼멓게 죽어 있었다.

"아가리 닥쳐!"

이성을 잃은 것만 같은 담용의 무자비한 발길질은 사력을 다해 애원하는 사내들의 목소리를 깡그리 무시했고, 누가 보거나 말거나 상관도 하지 않을 태세다.

땅바닥에 태질을 당하다시피 한 양아치들의 신음조차 귀에 거슬린 담용은 발길질에 사정을 두지 않았다

마침내 발길질은 사내들의 몸통을 지나 '아구'까지 이어졌다.

퍼억! 퍽!

"끄으으으……."

"끄아아……."

단 한차례의 발길질에 피가 낭자하게 새어 나오고 몽창 부서진 이빨이 파편이 되어 사방으로 튀었다.

억눌린 신음을 가쁘게 내뱉던 두 명의 사내는 결국 눈을 까뒤집더니 까무러치고 말았다.

엉망진창으로 엎어터진 두 사내를 쳐다보는 담용의 눈초리는 그 어느 때보다도 차가웠다.

홱 돌아선 담용이 자빠져 게거품을 물고 있는 문신 사내에게로 다가가자마자 냅다 아구를 갈겨 버렸다.

빽!

"꺼억!"

꿈틀거리며 겨우 외출 나간 정신을 수습하려던 문신 사내가 또다시 나뒹굴었다.

손을 대는 것조차 아까웠던 담용은 발길질만으로 문신 사내를 잘근잘근 밟아 버렸다.

"끄윽, 끅. 사, 살려 주……."

"그냥 죽어라."

엄엄한 살기가 진득한 말투만큼이나 문신 사내의 다리를 아예 다져 버리는 담용이다.

잠시 후, 문신 사내 역시 극통을 못 이기고 눈을 허옇게 까뒤집으며 정신을 잃어버렸다.

세 사내가 '칼빵'을 놓을 시간도 없이 삽시간에 벌어진 일이다. 그야말로 살벌한 광경이 아닐 수 없었다.

완벽하게 치유가 된다고 해도 세 사내는 평생 근육이 뒤틀리고 뼈마디가 삐걱거리는 고통을 감내해야 할 것이 분명했다.

'인생 쓰레기들은 쓰레기통에 버려야 격이 맞지.'

담용은 생선 가게 바로 옆에 잔뜩 쌓여 있는 쓰레기 더미로 세 사내를 축구공 몰듯이 걷어차면서 몰아넣었다.

퍽! 퍼벅! 퍽!

여전히 분을 삭이지 못한 발길질에는 감정이 흠씬 묻어 있었다.

정신을 우주 밖으로 날려 보낸 세 사내를 구석진 쓰레기 더미에 내팽개치듯 구겨 넣은 담용은 이어서 무너진 생선 궤짝으로 켜켜이 쌓아 당분간 발견되지 못하도록 조치하는 세밀함까지 보였다.

이는 담용의 볼일이 끝날 때까지 성가신 일이 없도록 하기 위함이었다.

패거리를 몰고올 경우 또다시 푸닥거리를 해야 하는 것이 귀찮았기 때문이다.

뭐, 사실 분풀이 대상으로 머릿수가 더 많았으면 하는 생각도 없지 않았지만, 이른 아침이라도 행인들의 눈을 무시할 수 없어 이 정도에서 그친 것이다.

손을 탁탁 털고 돌아서는 담용을 눈앞에 중년 사내 두 명이 얼이 빠진 표정으로 쳐다보고 있었다.

차림새로 보아 시장 상인으로 짐작이 됐다.

강골 인상의 상인과 대빗자루를 든 동글동글하고 작달막한 인상의 상인이었다.

"소란을 피워서 미안합니다. 모른 척해 주셨으면 합니다."

말끝에 꾸벅하고 인사를 해 보인 담용은 두 사람이 대답도 하기 전에 자리를 벗어났다.

한바탕 폭풍 같은 매타작을 끝내고 현장을 떠나는 담용의 뒤로 언제 후덜덜한 살풍경이 벌어졌었냐는 듯 정적이 대신 자리했다.

단지 낭자한 피와 흩어진 이빨의 흔적만이 정물화가 되어 있을 뿐이었다.

담용이 저만치 멀어지도록 멍한 표정으로 바라보던 두 사람은 누가 먼저랄 것도 없이 마주 보더니 동시에 입을 뗐다.

"오 사장."

"김 사장."

"어? 내가 생각한 것과 같은 거야?"

"응, 저 젊은이라면 해결해 줄 수 있지 않을까 하는 생각이 들더군."

"나도 방금 그 생각을 했어."

"그럼 이야기나 해 보자고."

"잠깐."

"왜?"

"근데 인상이 주먹질이나 하고 다닐 사람으로 보이지 않던데 가능할까?"

"그건 그래. 하지만 밑져야 본전인데 말이나 해 보자고. 그리고 독고다이로 움직이는 것일지도 모르잖아?"

"요즘 독고다이가 어딨어?"

"그래도 세 녀석을 단매에 기절시키는 걸 보면 뭔가 있지 않겠어?"

"그러게. 그래도 염려가 되는 건 있어."

"뭐?"

"늑대를 피하려다가 호랑이를 불러오지나 않을까 하는 생각이 든단 말이지."

"그거야 얘기를 해 보다가 아니다 싶으면 그냥 없던 일로 하면 되지, 뭔 걱정을 사서 하고 있어?"

"그, 그렇지."

"사람들이 오기 전에 서두르자고."

"그래."

의견 일치를 본 두 사람이 멀어져 가는 담용을 향해 뛰어가며 소리쳤다.

"이, 이봐요! 젊은이!"

담용이 자신을 부르는 소리에 걸음을 멈추고 돌아서니 강골의 상인이 말했다.

"이보게 젊은이, 괜찮다면 자, 잠시 이야기 좀 하고 싶은데……."

"무슨 일로 그러시는데요?"

"그, 그게……."

"오 사장, 여기서 이럴 게 아니라 내 가게로 가서 얘기하지."

"아! 그게 좋겠군. 잠시 따라오겠소?"

"그러죠."

무슨 일인지는 모르지만 담용도 재개발 사정을 알아볼 수 있겠다 싶어 순순히 두 사람을 따라갔다.

시장 슈퍼마켓 안의 간이 사무실.

"예? 저더러 깡패들을 몰아내 달라고요?"

담용은 슈퍼마켓 주인인 오 사장의 난데없는 제의에 곤혹스러운 표정을 자아냈다.

그것도 앞뒤 다 잘라먹고 본론부터 얘기해 오니 더 황당했다.

"그러네. 지켜보니 한주먹 하더구만 뭘."

담용이 자식뻘이라 말을 편하게 하는 오 사장이다.

"하! 제가 주먹을 조금 쓸 줄 알긴 합니다만…… 그렇다고 조직을 가진 폭력배를 전부 상대할 정도는 아닙니다."

"물론 혼자서야 벅차겠지. 그렇지만 그만한 주먹이면 따르는 동료들이 있을 것 아닌가?"

"그렇긴 합니다만, 조폭과는 거리가 먼 사람들이라서요."

꼭 그렇지는 않았지만 담용은 뻗댈 때까지 뻗대 볼 심산으로 난감한 표정까지 지어 보였다.

뭐, 초행인 곳이라 알아볼 것이 있어 자리에 앉아 있긴 했지만, 몸이 두 개라도 모자랄 정도로 바쁜 직장인이라 이들이 해결사 노릇을 해 달라고 해서 들어줄 처지도 아니었다.

다만 고모가 사기를 당한 실마리를 잡을 수 있지 않을까 하는 마음에 응대해 주고 있는 것이다.

"수고비는 넉넉하게 지불할 것이니 부탁 좀 함세. 시장파 놈들 등살에 상인들이 견뎌 내질 못하고 있다네. 시장 재개발이 되기도 전에 상인들이 다 쫓겨날 판일세."

"바로 그런 점을 노리고 더 설쳐 대는 거야. 상가나 좌판 딱지를 헐값에 사서 완전히 착복하려는 심보로 말이야."

열이 받친 듯한 표정의 김 사장이 끼어들었다.

"그러니 여북하면 처음 본 젊은이에게 우리가 매달려 사정을 하겠냐고. 이거야 원, 마음 같아서는 싹 때려치우고 싶지만, 목구멍이 포도청이라 어쩔 수 없이 나와서 영업을 하고 있는 실정이라네."

"경찰에 도움을 요청하지 그러세요."

"헐! 우리라고 생각이 없었겠나? 시장파 놈들이 자릿세 명목으로 돈을 뜯을 때부터 죄다 한통속이야. 물론 증거는 없네, 심증일 뿐이지. 그러니 신고를 해도 소용없었다네."

"에? 그럴 리가요?"

"뭐, 경찰이 오면 며칠 조용하긴 하지. 하지만 그때뿐이고 그다음 날부터는 신고를 했다고 더 악랄하게 군다네."

"이보게, 우리가 견디다 못해 청와대에 민원까지 넣어 보지 않았겠나?"

"연락이 왔었습니까?"

"지금까지 종무소식이네."

"그건 아마 관할 경찰서에 통보해 조사하라고 했을 겁니다. 관할 관청이 있는데 청와대에서 직접 와서 처리해 줄 리가 없지요."

담당 기관이 있는데 청와대가 나섬은 일종의 월권에 속하는 일이다.

"우리도 그러리라 짐작하고 있었네만, 정말로 그랬다면 너무 무책임한 처사로군."

"크흠, 생면부지의 젊은이를 붙잡고 이렇게 부탁할 때는 그만한 사정이 있어서라네."

"물론 이해가 갑니다만, 시장파가 어떤 식으로 괴롭히기에 그러는 겁니까?"

"허! 말로는 다 표현할 수 없을 정도라네."

"구체적으로 말씀해 주시지요."

"얘기하지면 1박 2일을 해 대도 모자라지만, 간단히 말하자면 당장 조합장부터 바꿔야 해."

"조합장은 선거로 뽑지 않나요?"

"선거로 뽑았지."

"그런데요?"

"시장파 놈들이 내세운 작자에게 쫓겨났다네."

"그럴 수도 있습니까?"

"원래 시장파 놈들은 그렇게 강한 조직이 아니었네. 조폭이라기보다는 양아치 수준이었지. 그런데 조합이 활성화된다 싶은 시기에 못 보던 작자들이 나타나더니 그때부터 목소리가 높아지기 시작했다네."

"맞아. 자금력도 대단해서 좌판 딱지를 싹쓸이하다시피 했지. 상가도 몇 채 매입해서 조합원 자격을 얻었다네."

"아아, 그때부터 목소리가 커진 거로군요."

"바로 봤네. 급기야는 좌판 딱지의 힘으로 그쪽 조합장이 선출되는 불상사가 일어났지."

"흠, 달리 말하면 시장 조합을 제 맘대로 주무를 자격은 얻은 거라고 보면 되네요."

"휴-! 건설 회사까지 제 맘대로 선정해서 지금 보상 문제가 시급한 상황이라네."

"건설 회사가 어딘데요?"

"푸헐, 제 놈들이 만든 회사라네. 그것도 도급 경력이 있는 건설 법인을 사서 급조로 만들었지."

"그뿐이 아니라네. 시행사 법인도 사들여 제 놈들이 직접 시행하려고 한다네."

오 사장과 김 사장이 번갈아 성토하면서도 분을 삭이지 못하는 모습이다.

"하면 곧 시행되는 겁니까?"

"얼추 다 돼 가지. 하지만 차라리 이대로 있는 것만 못한 처지인 우리들일세. 그래서 당장 조합장부터 바꿔서 정상적인 투표로 일을 지연해야 하는 실정이라네."

"우리 두 사람이 젊은이에게 매달리는 것도 더 이상 하소연할 데가 없어서네. 물에 빠진 사람이 지푸라기라도 잡아 보자는 심정과 같다고 보면 되네."

"으음, 심각하군요."

"조만간 문을 닫아야 하니, 갈 데까지 간 거지."

"하면 지금 조합장은 두 분이 모르는 사람이겠군요?"

"글치, 성이 양가인데 생전 듣도 보도 못한 사람이네."

"성이 양씨라고요?"

담용의 눈살이 살짝 찌푸려졌다.

'양씨'란 말만 들어도 경기가 일어나는 터라 당연한 반응이었다.

"맞네, 양기출이라고……."

'양기출?'

별안간 뇌리로 찌르르하는 전류가 흐르는 담용이다.

그러다 문득 '양기석'이 떠올랐다. 아울러 양경재까지.

양기석은 양경재의 사촌 동생으로 파크인터코리아를 날로 삼키려던 작자였고, 양기출 역시 '기' 자 돌림이라 연관이 있을 것 같은 예감이 강하게 들었다.

'호오, 이거 뭔가 수상한데…….'

양씨에 '기' 자 돌림이라면 연관이 있지 않을까 하는 촉이 강하게 신경을 건드렸다.

'양경재가 여기까지 손을 뻗은 건가?'

그런 생각이 들자, 또다시 문득 떠오르는 게 있었다.

짐작하는 것이 맞는다면 그건 필시 양경재가 관련된 것이 틀림없다.

그래서 확인차 물었다.

"그럼 철거부터 하겠군요?"

"철거 통지서는 벌써 왔지."

"철거 회사는 어딥니까?"

"그것이……."

퍼뜩 떠오르지 않는지 김 사장이 미간을 찌푸릴 때 오 사장이 말했다.

"그걸 그새 잊어먹었나? 아, 맥시멈환경이잖아!"

"아! 맞다! 맥시멈환경주식회사!"

"맥시멈환경요?"

담용은 되물으면서도 옳다구나 하는 심정이었다.

그의 예감이 들어맞은 것이다. 아니, 확실해졌다.

이렇게 해서 양경재를 징치할 명분이 또 한 가지 늘었다.

'양경재 이 자식…… 어차피 나하고는 본래부터 악연이었구나.'

담용이 주먹을 불끈 쥐며 다시 한 번 각오를 다졌다.

'명국성이 패거리와 인한이 그리고 불곰과 병천파 애들을 부르면 되겠어. 그들로도 힘이 부치면 클리어가드가 지원하면 적어도 밀리지는 않을 테지'

클리어가드 팀원들은 살인 기술을 습득한 일당백의 전력이라 깡패들로서는 당적하기 어려운 천적이나 마찬가지였다.

벌써부터 밑그림을 대충 그린 담용이 고개를 끄덕이며 흔쾌한 어조로 말했다.

"좋습니다. 제가 해결해 보지요."

"엉? 저, 정말인가?"

"아쿠! 그, 그래 주시겠소?"

담용의 명쾌한 대답에 그다지 기대를 하지 않았던 두 사람이 반색을 하며 눈을 있는 대로 키웠다.

하지만 걱정이 되는 것 또한 동시였다.

"부탁은 했지만 쉽지가 않을 것이네. 신중하게 대답을 한 건지 모르겠구먼."

"제가 결심하고 승낙을 했다면, 그만한 능력이 되기 때문입니다. 우려하는 마음은 알지만 걱정을 끼치는 일은 없을 겁니다."

"그렇기야 하겠지만……."

"근데 문제는 시장파만이 아니네."

"하핫, 시장파 놈들이 경찰과 결탁했다고 보는 거지요?"

"어? 어, 어떻게 알았나?"

"이야기 중에 이미 감을 잡았지요."

관할서에서 수사를 제대로 하지 않고 있음을 금세 알아차린 담용이었다.

"허얼-!"

"그 문제도 해결할 수 있으니 염려 놓으십시오."

"그렇다면야……."

"이봐, 김 사장, 젊은이가 허락을 했을 때는 그만한 생각이 없었겠나? 이런, 젠장 할! 아직 이름도 못 물어봤네."

"참, 그러네. 이름이 뭔가?"

"제 이름은……."

이름을 밝히려다가 멈칫한 담용이 무슨 생각에선지 다른 이름을 댔다.

"김복주입니다."

홍콩으로 출장 갔을 때 사용한 이름이었다.

"김복주라…… 아직 결혼 전이신가?"

"예. 하하핫, 근데 애인은 있습니다."

"허허헛, 사랑하는 사람이 있다면 곧 국수를 먹겠구먼."

"아마도요."

"아무튼 잘 부탁하네. 언제부터 시작할 건가?"

"먼저 동료들과 상의를 해 보고 말씀드리지요. 연락처를 주시면 좋겠는데요."

"그야 당연하지. 자네 것도 줬으면 좋겠군."

"예, 여기……."

서로가 명함을 주고받았다.

담용은 휴대폰 번호만 달랑 적어 주기보다 신뢰 차원에서 대성상사 직원 명함을 건넸고, 두 사람이 건넨 것은 각자 상호가 박힌 가게의 명함이었다.

국정원 직원은 어떠한 일이 있어도 업무 내용과 관계없는 사람에게 신분을 밝히게 되면 직급이 5급이라도 해임 사유가 될 수 있다.

오 사장 즉 오동식은 이곳 슈퍼마켓 주인이었고, 김 사장은 이름이 김경수로 바로 옆에 붙은 방앗간 주인이었다.

명함을 본 오동식이 물었다.

"회사에 다니는가?"

"예, 무역 회삽니다."

이제야 언급하지만 국가정보원 직원의 타 업체 위장 취업은 인가가 났기 때문에 가능한 것이다.

"무역 회사에 다니는가?"

"하핫, 그래서 외국에 출장이 잦은 편입니다."

"이거 바쁜 사람에게 어려운 일을 부탁한 건 아닌지……."

"괜찮습니다. 어차피 이곳을 맡을 사람은 다른 사람이니까요. 그 사람이 오면 다시 의논하셔야 할 겁니다."

"엉? 자네가 직접 관여하는 게 아니고?"

"예, 머리를 쓸 사람하고 주먹잡이들이 여럿 올 테니, 그전에 미리 뜻을 같이하는 사람들끼리 의논하셔서 그들이 머물 자리를 마련해 주십시오."

"그거야 당연히 해 줘야 할 일이지만, 자네가 없다면 좀……."

"저도 역할을 맡을 겁니다. 경찰 쪽의 일요. 근데 어느 부서에서 나왔었습니까?"

"수사과라네."

"알겠습니다. 그리고……."

"물어볼 게 있으면 얼마든지 물어보게나."

"혹시 조합원 명부 같은 거 가지고 있는지요?"

"조합원 명부라면 내가 가지고 있네만……."

"맞네. 오 사장이 초창기 추진위원회의 위원이었고 조합 인가를 받았을 때는 감사까지 지냈으니 당연히 가지고 있지. 근데 그건 왜 묻나?"

오동식에 이어 김경수가 설명을 덧붙이면서 되물어 왔다.

"아, 뭘 좀 알아보려고요."

"흠, 뭔지 말해 보게."

"8년 전에 투자한 사람 이름도 기록되어 있는지 알고 싶습니다."

"그래?"

"가능한지요?"

"가능하네. 재개발은 소유권 분쟁이 많은 탓에 원매자부터 시작해 최종 소유자까지 빠짐없이 적도록 되어 있다네."

"하면 좀 찾아봐 주시겠습니까?"

"그러고 보니 여기 온 이유가 그 때문인 것 같군. 맞나?"

"예."

"찾는 사람 이름이 어떻게 되나?"

"육선여입니다."

"흠, 육선여라…… 오 사장, 그렇다는데?"

"육선여라는 분과 어떻게 되는 사인가?"
"제 고모님 되십니다."
"어쩐지 성이 같다 했어. 하면 고모님의 일이 뭐가 잘못되었나?"
"아무래도 사기를 당한 것 같아서요."
"사기를 당해?"
"예. 고모님 말씀으로는 친구인 천경자가 M시장의 재개발이 곧 시작될 것 같으니 돈을 투자해서 세입자 딱지라도 사 놓으면 금세 몇 배로 돈을 불릴 수 있다면서 꼬였던 모양입니다."
"사기를 당했다면, 직접 와서 확인하지 않은 모양이구만."
"그냥 설렁설렁이었던 모양입니다. 친구를 너무 믿은 거죠."
"그것 자체가 잘못된 거라네."
"물론 그렇지요. 그래도 건질 게 있을까 하는 마음에서 조카인 제가 나선 겁니다."
"흠, 그때가 8년 전이라고?"
"그렇게 들었습니다."
"그 당시라면 한창 붐이 일어났을 때인 건 맞아. 우리 역시 금방이라도 재개발이 시작될 것 같았던 분위기였으니까."
"하지만 어찌 된 일인지 1년쯤 붐이 일다가 확 수그러들어 버렸다네."

"그럴 만한 이유가 있었습니까?"

"이런저런 이유야 많았지. 그중에 상가 주인이나 딱지의 명의자가 갑작스럽게 무더기로 바뀌면서 딴죽을 거는 사람들이 많아진 것이 가장 큰 요인이었다네."

"맞아. 전 조합장이 자신의 생계까지 내팽개치고 적극적으로 나서 준 덕분에 조합원들도 한마음으로 응원을 했었는데, 지금은 패가 갈려 서로 지지고 볶느라 난리도 아니라네."

'양경재가 그때부터 끼어든 건가?'

의심이 가는 대목이었다.

"딱지를 구입해서 소유자로 등록을 했다면 명부에 있을 것이네."

오동식이 장부를 한 장 한 장 꼼꼼히 넘겨 가며 한참을 살피더니 고개를 갸웃했다.

"없는데?"

"어, 없다고요?"

"없네. 정말 좌판 딱지를 구입했다고 하던가?"

"그럼요. 당시에 고모 이름으로 명의가 된 딱지를 가지고 있었다고 했습니다."

"지금은?"

"휴지 조각이 된 이후엔 관심도 없어서 어딘가 팽개쳐 놨다더군요."

"지금 서류를 가지고 있는가?"

"찾아야 해서 시간이 좀 걸릴 겁니다."

"명부에 이름이 없는 걸 보면 위조된 딱지일 확률이 크네."

"하긴, 그 당시 위조된 딱지로 사기를 치려는 작자들이 더러 있었지."

"조금 전에 천경자란 여자가 꼬드겼다고 했지?"

"예."

짝!

무슨 생각이 떠올랐는지 갑자기 김경수가 손뼉을 치더니 큰 소리로 말했다.

"아아! 오 사장, 천경자라면 낯이 익은 이름 같지 않아?"

"글쎄? 누구지?"

"그 왜 있잖나, 천씨네 기름집 소유자 이름이 천경자잖아?"

"어? 그러고 보니……. 아! 맞다. 황가 건어물 상회도 그 여자 이름으로 되어 있었지."

"맞아, 분명히 천경자야. 그리고 요즘은 가끔 조합 사무실에 들르지만 3년 전까지만 해도 뻔질나게 드나들었잖아?"

"아! 이제 생각난다. 처음에 올 때는 꾀죄죄했던 여자가 어느 날 갑자기 온몸을 명품으로 도배하고 나타났었지?"

"그래, 바로 그 여자 이름이 천경자야."

"니미럴. 어째 들어 본 이름이다 싶었더니, 그 개차반같이 나대는 여자의 이름이 천경자였어."

"개차반이라뇨?"

"나참, 기름집하고 건어물집을 사자마자 월세를 두 배로 올려 버렸으니 그런 경우가 어딨나? 뭐, 주인이 세를 올리겠다는데야 누가 뭐라고 하겠냐만, 그게 원인이 돼서 상가마다 죄다 월세를 올려 버리는 통에 지금 세입자들의 적자가 이만저만 아니라네."

"그뿐인 줄 아나? 상가를 사 놓고 등기도 하지 않고 전매한 건 또 얼마나 많은데? 한마디로 말해 그 여편네가 나타나고부터는 시장이 완전히 난장판으로 변해 버렸다고 해도 지나친 말은 아닐 걸세."

"암은 완전히 분탕질을 해 댄 셈이지."

"거기에 그 여자의 유세가 이만저만 아니어서 이전 조합장을 내모는 데 앞장서서 난리를 쳐 댔었지. 어휴! 내가 살아생전에 그렇게 대가 억세고 막무가내인 여자는 처음 보았네."

천경자란 여자가 얼마나 설쳐 댔는지 오동식과 김경수가 번갈아 가며 성토에 이어 이빨까지 갈아 댔다.

"게다가 장부를 보면 천경자는 상가 세 채를 소유하고도 세입자 딱지를 무려 열여덟 개나 보유하고 있네. 뭐, 그새 우리가 모르는 상가를 소유했을 수도 있고. 그렇다 보니 목소리가 클 수밖에."

"그 여자의 지분이 많다 보니 우리는 하고 싶은 말도 못하고 입만 벙긋거리고 있는 형편일세."

"흠, 아무튼 잘 알겠습니다. 아무래도 고모님에게 사기를 친 돈으로 천경자가 재산을 불린 것 같으니, 그 문제는 조만간 해결을 볼 것입니다."

"어, 어떻게?"

"제가 그냥 두지 않을 테니까요."

결심처럼 담용이 주먹을 불끈 쥐어 보였다.

"허! 그럴 수만 있다면 얼마나 좋겠나. 그런데 천경자는 조합 사무실과 끈끈한 유대를 맺고 있어서…… 쉽지가 않을 텐데."

"두고 보시면 알게 될 겁니다. 그러니까 육선여의 지분은 현재 하나도 없다는 거지요?"

"그, 그렇지."

"하면 도로가에서 좌판을 열고 계시는 분들도 딱지가 있습니까?"

"푸훗! 그딴 것은 없네."

"왜? 어디서 무슨 말을 들었는가? 혹시 아까 패대기쳤던 놈들 입에서 나온 건가?"

"아뇨. 그놈들은 좌판 딱지 얘기를 하더군요."

"헐! 그게 그 소릴세. 왜냐하면 시장파가 얼마 전부터 좌판 딱지를 풀지 않고 오히려 사들이기 시작했으니, 놈들이 말한 건 유령 딱지라네."

"그렇다면 제게 있지도 않은 좌판 딱지를 팔아먹으려고 한 거로군요."

"그렇지. 그러다가 자네에게 된통 당한 거지. 아무튼 보는 내가 다 통쾌했네. 아비어미도 몰라보는 불쌍놈들이었으니 말일세."

그동안 당한 것이 많았었던지 김경수가 치를 떨었다.

"그나저나 고모님이 사기당한 돈이 얼만가?"

"6억 원입니다."

"헉! 유, 육억?"

"헐! 그렇게나 많이?"

두 사람은 엄청난 금액에 순간 거짓말이라는 생각이 들 정도로 놀란 표정이 되어 서로를 쳐다보았다.

동시에 두 사람의 뇌리로 기름집과 건어물 가게의 매매 가격이 3억 원이었다는 것이 떠올랐다.

아울러 그걸 담보로 융자를 얻어 다른 상가와 좌판 딱지들을 헐값에 사들였다는 것도 생각이 났다.

"세상에나! 천경자가 친구 돈 6억 원을 사기 쳐서 자기 것으로 만들었다니!"

"흐이구, 간이 배 밖으로 튀어나온 여잘세."

"반드시 받아 낼 것이고, 그에 합당한 벌을 받게 할 것입니다. 그러기 위해서 제가 나섰고요."

"암은, 당연히 그렇게 해야 말고."

"그럼, 그럼. 이참에 일이 잘돼서 그년의 상판때기를 안 봤으면 싶으이. 담용 군, 우리가 할 수 있는 일이라면 언제든지 힘이 되어 줌세."

"고맙습니다. 그럼 오늘은 이 정도로 하고 가겠습니다. 도움을 주신 것 잊지 않겠습니다."

"도움은 무슨……? 우리가 청한 것을……."

"조만간 연락을 드리겠습니다."

담용은 그 말을 끝으로 슈퍼마켓을 나왔다.

'제길. 이건 공무원으로서 할 수 없는 일인데…….'

현재 공무원의 신분인 담용이 고모의 일을 해결하려 나서기에는 제약이 너무 많았다.

예전 중앙정보부처럼 무소불위에 가까운 권력을 휘두르던 시기에는 가능했을지 몰라도 작금의 국정원 신분으로는 턱도 없는 애기다.

이는 아무리 비겁하고, 파렴치하고, 잔인하고, 악독한 범인이라 할지라도 법으로 다스릴 수밖에 없는 것이 현실이었기 때문이었다.

더욱이 공무원 신분인 그가 그래서도 안 되고 또 이를 수사하는 기관은 따로 있어 월권을 할 수도 없다.

차라리 예전처럼 평범한 신분이라면 증거 없이 얼마든지 해결할 수 있다.

그래서 지금의 처지가 답답했다.

'쯧, 내가 너무 성급했어.'

최형만 차장이 스카우트를 해 왔을 때 응하지 말았어야 했었다는 후회가 밀려왔다.

물론 야쿠자의 자금을 탈취하고 그 돈을 세탁하기 위해 나름대로 필요하겠다는 생각에 응하긴 했지만, 막상 공무원이 되고 보니 규정에 얽매여 마음대로 할 수 있는 일이 극히 제한되어 있다.

'할 수 있는 일이 거의 없어.'

당장이라도 시장파로 쳐들어가서 박살 내 버리는 것은 물론 천경자를 찾아내 사기 친 돈을 몽땅 찾고 초죽음을 만들어 버리고 싶지만, 공무원 신분으로 법이 엄연한데 사사로이 행동할 수 없다는 것이 너무도 갑갑했다.

'안 되겠어. 까짓것 그따위 신분이 뭐기에……. 사표를 내고 서로 주고받는 거래 관계로 다시 얘기해 봐야겠어.'

담용은 자신이 하는 일을 눈감아 주는 대신 반대급부로 국정원의 일을 해 주는 에이전트 자격을 취득할 마음을 먹었다.

이를테면 케이스 바이 케이스 형식으로 국정원도 좋고 담용 개인으로서도 불만이 없는 거래 관계다.

뭐, 희망하는 대로 될지는 모르겠지만, 담용도 순순히 물러서지 않겠다는 각오를 했다.

'일단 전화부터 해 놔야겠군.'

통화 내용이야 '사퇴할 테니 미팅을 하고 싶다.'라는 말이었다.

'근데 이거 비상이 걸릴 일인지도 모르겠군.'

그도 그럴 것이 대한민국에 단 한 사람밖에 없는 초능력자인 담용이라 비상도 초비상 상태가 될지도 몰랐다.

'쩝, 그래도 마음에 안 들어.'

마음이 약해지는 것이 두려웠던 담용은 마음이 변하기 전에 휴대폰을 들었다.

상대는 제3차장인 최형만이었다.

조재춘 과장으로는 감당이 안 되는 담용의 위치라 직접 면담을 해야 했다.

결자해지란 말처럼.

BINDER
BOOK

사퇴하겠습니다

LD호텔.

무라카미는 자신이 묵고 있는 방으로 들어서는 두 중년인을 맞이했다.

다리를 절룩거리는 중년인과 한때 힘깨나 썼을 법한 덩치에 가칠한 수염 자국이 완연한 중년인이었다.

두 사람은 다른 누구도 아닌 경찰청의 구동기 국장의 소개로 방문한 전직 경찰, 김덕기와 유상곤이었다.

김덕기가 다리를 저는 것은 냉천동에서 담용이 고목의 가지를 부러뜨려 부상을 입힌 탓이었다.

두 사람을 안내하던 겐지가 무라카미에게 소개를 시켰다.

겐지가 나선 것은 그의 일이기도 했지만 한국어를 할 줄 알아서였다.
"오야붕, 김 상과 유 상입니다."
"하지메 마시떼(반갑습니다)."
"반갑소."
무라카미가 손을 내미는 환대에 김덕기가 마주 잡으며 초면 인사를 했다.
"스왓떼 구다사이(앉으세요)."
"고맙소."
소파를 가리키며 자리에 앉기를 권하는 무라카미에게 고개를 끄덕여 보이고는 유상곤과 나란히 앉았다.
"겐지, 한국어를 잘 아는 자네가 우리가 뭘 원하는지 설명해 줘."
"하이."
대답을 한 겐지가 두 사람과 마주 앉았을 때, 막내 격인 이가 차를 가져와 탁자에 놓았다.
"드시죠."
"용건부터 듣고 천천히 들겠소."
"하핫, 성미가 급하시군요."
"놀러 온 건 아니니까요."
"그렇긴 하죠."
겐지가 탁자에 놓인 파일을 밀며 말을 이었다.
"한국어로 써 놨으니 보기에 편할 겁니다. 읽어 보시죠."

"……?"

미간을 모은 김덕기가 파일을 펼치자 A4 용지 달랑 한 장에 지극히 간단한 내용이 적혀 있었다.

내용을 일별한 김덕기가 확인차 물었다.

"9월 3일에서 9월 4일 이틀 동안 김포공항을 통해 입국한 사람 중에 25세에서 35세 사이의 남성의 직장과 주소, 연락처 등을 조사함과 동시에 그의 체형이 어떤지 알아봐 달라는 게 맞소?"

"맞습니다. 사진을 찍어 주면 더 좋고요."

말끝에 미리 준비해 둔 하얀 봉투 하나를 내미는 겐지다.

"이건 거기에 대한 대가이며 금액은 2천만 원입니다."

김덕기는 자신의 입에서 수락한다는 말이 나오기도 전에 돈부터 내미는 겐지를 보고 피식 웃었다.

"난 아직 아무 말도 하지 않았소."

"수락하리라 믿습니다. 비록 옛 상사라지만 그분의 체면을 생각해서라도 거절하지 않으리라 생각합니다."

"그 말은 맞소만 대가에 대해서는 그분과 하등 상관이 없소이다."

"아! 대가가 적어서 그러는군요. 그렇다면 여기에 한 장을 더 보태면 어떻겠습니까?"

"그럴 것 없이 내가 직접 말하겠소."

"……?"

"착수비 2천5백만 원에 일이 끝났을 때 같은 금액을 더 주는 것으로 합시다."

"하면 5천만 원?"

"그렇소."

"너무 과하지 않습니까?"

"절대 과하지 않소. 전번 의뢰도 비슷했었는데 5천만 원을 받았었소. 그런데 그 대가가 좀 비쌌소. 보다시피……."

김덕기가 절룩거리는 다리를 내보였다.

"……!"

잠시 눈에 힘을 준 겐지는 자신이 결정할 수 없었는지 무라카미에게 다가가 귓속말을 했다.

"오야붕, 5백만 엔을 달랍니다."

"적다고?"

"그렇답니다."

"2백만 엔이 원래 적은 돈이었나?"

"그렇지 않습니다. 본토에서나 그렇지 한국에서는 큰 금액입니다."

"그런데?"

"지난번에 이런 의뢰가 있었고 그 대가로 5백만 엔을 받았답니다. 그 결과로 김 상이 다리를 절게 되었답니다."

"흠, 줘 버려. 대신 일은 확실하게 해 달라는 말을 꼭 전해. 허튼수작 부리지 못하도록 말이야."

"하이!"

무라카미에게 묵례하듯 고개를 숙인 겐지가 다시 자리에 앉았다.

"좋습니다. 먼저 2천5백만 원을 선수금으로 드리고 나머지는 일이 끝난 후에 지불하도록 하지요."

"좋소이다. 언제까지 해 주면 되오?"

"일주일이면 어떻습니까?"

"인원이 얼마나 될지 모르니 적어도 열흘은 필요하오. 그것도 빨리 잡은 거요."

"좋습니다. 그렇게 하지요."

"연락처를 주시오."

"아! 여기……."

겐지가 수기로 쓴 메모지를 건네주자 김덕기도 자신의 연락처를 건넸다.

"현직에 있을 때 쓰던 명함인데, 사무실 번호는 지웠으니 휴대폰 번호로 연락하면 되오."

"알겠습니다."

"그럼 곧바로 움직이도록 하겠소."

거래가 끝난 만큼 더 앉아 있을 필요가 없다고 여긴 김덕기가 자리에서 일어서자 유상곤도 따라서 일어섰다.

두 사람이 나가자, 무라카미가 입을 열었다.

"겐지, 만일을 위해 고바야시 상에게 다른 루트를 알아보라고 해.”

“하이!”

무라카미가 언급한 고바야시는 일본 내각정보실 요원으로, 현재는 영사관에 근무하는 직원으로 변신해 이들을 도와주고 있었다.

담용은 애마를 주차해 놓고 국정원으로 향하는 길목에서 서서 휴대폰으로 통화를 하고 있었다.

그런데 대화 내용이 마뜩잖았던지 이마에 골이 살짝 져 있었다.

통화 상대는 팀원인 유장수였다.

“예? 현장 실사를 하지 못하게 한다고요?”

–그러네. 오전에 방문했는데 경비실에서 아예 원천 봉쇄를 하더군.

“유 선생님, 방문한 목적을 밝혔는데도 그래요?”

–당연히 밝혔지.

“이유가 뭐라고 합니까?”

–상부의 지침이라고만 하더군.

“혹시 캠코에 가 봤습니까?”

–그길로 캠코로 갔지. 그런데 거기 역시 상부에서 지침이

내려온 거라며 담당자가 서류를 한 장 건네주는데, 이게 또 기가 막히는 내용이더군.

"예? 무슨 내용인데요?"

―HDI사옥은 현재 실질 보유 하고 있는 금액으로 5억 달러 이상이 10일 이상 계좌에 기재되어 있어야 경매가 가능하다고 적혀 있더군. 이유는 경매자의 난립을 막기 위해서라고 하는데, 당최 이해가 가는 내용이어야 말이지.

"자유경쟁 구도에서 그런 경우가 어딨습니까?"

―그러게 말일세. 하지만 주관사가 필요해서 현금 보유 커트라인 제도라는 규정을 만들어 보완을 했다고 하는데야 달리 도리가 없질 않겠나?

"그렇더라도 어딘가 좀 구린 냄새가 나는 것 같은데요? 여태껏 이런 일도 없었고요."

―나 역시 팀장 말에 동감하네만 방침이 그렇게 정해졌다는데야…….

"으음, 알겠습니다. 방안을 강구해 봐야겠네요."

―계속 조사해야 할지 모르겠네. 팀장의 생각은 뭔가?

"아직 시간이 있으니 고민을 좀 해 봐야 답이 나오겠습니다."

―그렇다면 조사를 계속해야겠군.

"예, 현장 실사로 알 수 있는 내용 외에는 전부 조사해 주십시오. 가부간의 결정은 그리 오래 걸리지 않을 겁니다."

—알았네. 또 연락하지.

"예."

통화를 끝낸 담용의 이마에 주름이 더 깊어졌다.

'뭔가 좀 이상한데…….'

기억의 저편에서는 현금 보유 커트라인 제도라는 용어 자체가 없었다.

이상해도 너무 이상한 상황이라 구린내가 물씬 날 정도로 의혹이 일었다.

'놈들이 수작을 부린 건가?'

얼마든지 있을 수 있는 일로, 외투사들 중 누군가가 설계한 것일 수도 있다.

IMF 상황이 아닐 때도 돈이 거의 만능열쇠 역할을 했지만 작금은 그걸 넘어 무소불위의 권능을 발휘하고 있는 시기라 적잖이 의심이 갔다.

'5억 달러를 달러당 1천2백 원으로 환산하면…… 헐!'

물려 6천억 원이다.

'가만! 당시 매매가 6천9백억 원에 낙찰됐으니…….'

이어지는 생각은 HDI빌딩이 6천9백억 원에 매각되어 파이낸싱스타빌딩이 되고 다시 약 1조 2천억 원에 싱가폴홀딩스에 리세일되는 일들로 주르르 연결됐다.

'이건 외투사들의 단합에 의한 로비가 없었으면 도저히 있을 수 없는 일이다.'

담용의 예리한 촉이 빛을 발했다.

이는 약자인 주관사가 금력의 논리에 굴복했다는 말과 진배없었다.

로비의 선두 주자는 파이낸싱스타일 것이다. 아니, 애초 파이낸싱스타에서 설계하고 기획한 것이 틀림없다는 담용의 생각이었다.

'흥! 어디 니들 마음대로 되는지 두고 보자고.'

다행히 이런 일이 있을 줄 알고 그랬는지 계좌에 6천억 원이란 거금이 얌전하게 잔고로 남아 있었다.

당연히 담용이 국정원의 도움을 받아 야쿠자와 사채업자들에게서 강탈한 자금이었다.

스윽.

담용의 시선에 머리맡까지 가까워진 국정원 본관이 들어왔다.

"후우! 그나저나 최 차장님과 불편한 관계가 되면 곤란한데……."

"자네, 방금 우리 국정원 요원이 어느 정도의 권한이 있느냐고 물었는가?"

여느 날과는 달리 경직된 어투로 물어 오는 담용의 질문에 최형만이 새삼스럽다는 듯이 반문했다.

"예."

"응?"

눈을 직시하며 굳은 표정으로 대답하는 담용의 태도에 조금은 의외는지 최형만이 같이 자리한 1차장인 김덕모와 2차장인 조택상을 쳐다보았다.

혹시 자신도 모르는 무슨 일이 있었나 하는 눈치다.

그러나 둘 다 어깨만 으쓱해 보이며 영문을 모르겠다는 표정을 자아냈다.

"그렇게 묻는 저의가 뭔가? 물론 아무런 이유도 없이 그런 말을 묻지는 않을 테니 어디 들어나 보자고."

"별일은 아닙니다. 다만 제게 국정원 요원, 아니 공무원이라는 직업이 너무 고지식하고 고리타분하게 느껴진 데다 업무의 한계를 통감해서 그러는 겁니다."

"엉? 고지식하고 고리타분하고 업무의 한계를 느껴서라고?"

"예."

"대체 어떤 점이 그렇다는 건가?"

"모든 분야에서 다 그렇게 느끼고 있습니다. 특히 범죄자를 앞에 두고도 수사권이 없다는 것도 그렇고, 경찰이 범죄자와 결탁을 하고 있음을 확신하고도 업무 외적인 일이라며 손을 대지 못한다는 사실 또한 저를 비참하게 만들고 있습니다.”

“으음, 자넨 자네 자신이 어떤 능력자인지 잘 알고 있을 테지?”

“그렇습니다.”

“하면 사정을 더 묻기 전에 먼저 국정원 요원으로서의 기본적인 소임이 뭔지부터 말해 보게.”

“국정원 요원은 국민의 생명과 안전 및 국가 존립의 보장과 국익 증진을 위해 헌신해야 합니다.”

“잘 아는군. 하면 정부조직법 제17조를 말해 보게.”

“옙! 정부조직법 제17조! 국가정보원은 대통령 직속기관으로서 국가 안전 보장에 관련되는 정보, 보안 및 범죄 수사에 대한 사무를 담당하는 것을 기본으로 한다. 첫째 국외 정보 및 국내 보안 정보의 수집, 작성 및 배포. 둘째 국가 기밀에 속하는 문서, 자재, 시설 지역에 대한 보안 업무. 셋째 형법 중 내란의 죄, 외환의 죄, 군형법 중 반란의 죄, 암호 부정사용죄, 군사기밀보호법에 규정된 죄, 국가보안법에 규정된 죄에 대한 수사. 넷째 국가정보원 직원의 직무와 관련된 범죄 수사. 다섯째 정보 및 보안 업무 기획과 조정! 이상입니다.”

“헐! 아주 잘 기억하고 있군그래.”

“국정원 요원이라면 기본이지 않습니까?”

“그렇지. 그런데…….”

"차장님, 제게 국가와 국민을 위해 이 한 몸 헌신하라는 말은 하지 마십시오. 의무만 있고 권한이라곤 아무것도 없는 국정원 요원이라면, 지금 당장 사표를 써도 후회하지 않겠습니다. 물론 성급하고 경솔하다고 할 수 있으시겠지만 제 입장에서는 차라리 저 홀로 사회의 정의를, 나아가 국가의 질서를 바로잡는 데 힘쓰는 게 낫다고 여겨지니까요. 공무원이란 신분의 굴레를 둘러쓴 저는 그런 일들을 전혀 할 수 없는 무능력자일 뿐이더군요. 그리고 5급 공무원이란 직함과 책상에 연연할 저도 아닙니다. 덧붙여 말씀드리고 싶은 것은, 저는 국정원의 실험용 모르모트가 아니라는 점입니다."

"허헛!"

담용의 당찬 말에 최형만이 맥없이 허공에 대고 헛웃음을 날릴 때 조택상이 나섰다.

"크흐흠, 육 요원."

"예."

"혹시 헛된 희망을 꿈꾸는 건 아니겠지?"

"저는 철부지 어린아이가 아닙니다. 그리고 사표는 제 마음이 내키면 낼 수 있는 걸로 압니다. 그 사표를 소속 회사는 받아들여 줘야 하는 것도요."

"도대체 갑자기 왜 그러는가?"

"원하는 것이 있고 하고 싶은 일이 있기에 그러는 겁니다. 행여 제가 초능력자라 몸값을 올리기 위해 그런다고는 여기지 마십시오. 돈은 제가 죽을 때까지 쓰고도 남을 만큼 벌어놨다는 걸 잘 아실 테니까요."

"……!"

초지일관 굳은 표정으로 내뱉는 담용의 말투에 조택상마저 입을 닫아야 했다.

'여기서 물러나면 나서지 않느니만 못해.'

담용은 재차 자신을 주시하고 있는 모든 시선들을 무시하기로 마음먹고는 다시 입을 열었다.

"저는 제가 가진 힘을 무소불위의 권력으로 남용해서 휘두르고자 하는 것이 아닙니다. 그래서 사표가 받아들여지면 제안을 하나 하고자 합니다."

"제안? 어떤 제안?"

"프리랜서 에이전트입니다."

"프리랜서 에이전트?"

"예. 케이스 바이 케이스로 주고받자는 것이지요."

"허어, 그게 국가를 상대로 할 수 있는 일이라고 보는 건가?"

"건방진 제안임을 모르지 않습니다. 그러나 사표가 수리되고 자유의 몸이 된다면 국정원은 물론 검찰, 경찰이든 증거를 남기지 않는 저를 체포할 수 있겠습니까?"

"불법적인 일을 저지르겠다는 건가?"

"그런 생각이었다면 지금도 할 수 있습니다. 쥐도 새도 모르게 말입니다. 제가 떠나려는 이유는 단지 국정원이 저 한 사람으로 인해 피해를 입을 수 있기에 그것을 미연에 방지하려는 것이지 딴 뜻은 없습니다."

"국정원 요원으로서도 얼마든지 할 수 있잖나?"

"2차장님, 제가 오늘 강동구에 있는 M시장을 다녀왔습니다."

"……?"

"제 고모님이 8년 전에 사기를 당한 일로요. 그런데 공무원이란 제 신분이 심증을 잡고도 손을 쓰지 못하고 돌아오게 만들더군요."

"어떤 사정인지 모르지만 그런 건 우리가 도와줄 수 있네."

"그런 뜻이 아닙니다. 시장 재개발 건인데 조합원들이 깡패들에게 휘둘리다 못해 조합장 자리까지 빼앗겼더군요. 신고를 해도 소용없었답니다. 이미 경찰에까지 손을 써 둔 놈들이라 수사하는 시늉만 했지 모르쇠로 일관하고 있는 상황이더군요. 시장 상인들은 거의 아사 직전에 몰려 있으면서도 하소연할 데가 없다고 합니다. 이럴 때는 어떻게 해야 됩니까?"

"그 말은 검찰로 직접 신고했어도 그런 일이 벌어지고 있다는 얘긴가?"

"경찰을 지휘하는 검찰이니 감찰 대상이 아닌 한은 경찰의 보고서대로 진행되지 않겠습니까?"

"흠, 어디까지 알아봤나?"

"아직은 심증입니다. 그렇지만 제가 이미 이른 아침부터 깡패 셋과 드잡이를 했을 정도였으니, 그 지역의 정서가 피부에 와 닿더군요."

"M시장에서 싸웠다고?"

"예."

담용의 대답에 이마에 골을 살짝 판 조택상이 차민수 과장에게 턱짓을 했다.

알아보란 뜻임을 안 차민수가 실내를 조용히 빠져나갔다.

국내 담당이니 알아보는 건 일도 아닐 것이다.

"고모의 일을 해결하기 위해 사표를 쓰겠다는 건 아닐 테고……."

"대한민국에 그런 일이 비일비재함을 모르지는 않으시겠지요?"

"흐흠, 혼자서 그 많은 일을 해결할 수는 없네."

"압니다. 그렇지만 몸부림치는 놈 하나 정도는 존재할 필요가 있지요. 더구나……."

"응?"

"저는 지금도 제 능력이 진화되고 있음을 느낄 정도로 제가 가진 힘이 무섭습니다."

담용은 그 힘을 폭발시키지 못해 스트레스가 쌓일 정도라고까지는 말하지 않았다.

사실 실제 그렇기도 했다. 극고의 인내로 참고 있을 뿐이지.

"엉? 그, 그게 무슨 말인가?"

"말로 하는 것보다 직접 보는 것이 낫겠지요."

말을 하는 도중에 담용은 차크라의 나디를 운용함과 동시에 사이킥 파워를 발휘해 기파를 사방으로 퍼뜨리면서 조재춘에게 말했다.

"조 과장님, 지금부터 벌어지는 일을 캠코더에 전부 담으십시오."

"아, 알았네."

별안간 신중해진 담용의 기색을 본 조재춘이 얼른 서랍에서 캠코더를 꺼내 촬영 준비를 마쳤다.

'응? 뭘 하려는 거지?'

조택상의 생각이 채 끝나기도 전에 나머지 두 차장을 비롯한 과장들의 입에서 세찬 헛바람을 내뱉는 소리가 터져 나왔다.

"헛!"

"헉!"

회의실이 소리도 기척도 없이 마치 무중력상태로 화해 버린 양 책상과 책장, 탁자, 화분, 전화기 등등의 집기가 허공으로 서서히 떠오르고 있는 것이 아닌가?

곧이어 조택상의 앞에 있던 탁자가 잠시 들썩한다 싶더니 이내 서서히 떠올랐다.

"허어!"

자신도 모르게 흠칫한 조택상이 앉았던 자리에서 벌떡 일어서자, 그의 의자마저 허공으로 쑤욱 떠올랐다.

그런데 희한하게도 컴퓨터나 전화기 등 유선이 달린 집기들은 딱 줄의 길이만큼 부양한 채 둥둥 떠 있었다.

이는 사이킥 파워가 통제까지 어느 정도 가능해졌다는 의미였다.

나아가 세기의 강약과 속도, 온도, 압력마저도 통제가 가능함을 말해 주고 있었다.

바로 텔레키니시스, 즉 염력에 의한 아이템즈 컨트롤items control이라는 수법이었다.

다시 말해 염동력으로 주변의 물건을 원하는 대로 움직이게 해 실생활은 물론 유사시 공격과 방어에 위력을 발휘하는 염동력 수법이라 하겠다.

이는 담용이 성주산에서 조약돌로 수련한 것이 그 시초였다.

처음에는 어려움이 많았지만 수련을 거듭할수록 점점 더 익숙해지면서 강도 역시 강력해졌다.

기이하게도 마치 기다렸다는 듯이 아이템즈 컨트롤 능력은 하루가 다르게 괄목상대할 만치 발전했다.

달리 말하면 처음 시작 당시가 이제 막 물꼬를 튼 논두렁이었다면 얼마 지나지 않은 지금에 이르러서는 제방을 무너뜨릴 정도의 폭포수 같은 물줄기로 커졌다는 뜻이다.

이는 두쉬얀단의 150년 정화인 차크라가 시간이 가면 갈수록 담용에게서 꽃을 피우고 있다는 뜻과 다름이 아니었다.

바로 두 사람의 인성과 체질이 맞아떨어져 융화 혹은 친화력이 더 밀접해지고 있다는 의미이기도 했다.

아울러 친화력이 더해지는 만큼 비례해서 사이킥 파워가 강력해져 가는 것 또한 당연한 일이었다.

모두들 기겁할 현상에 넋이 나간 표정을 자아냈다. 실내에 비치된 집기란 집기는 죄다 허공으로 부양해 이제는 빙빙 원을 그리며 돌고 있는 모습에 눈은 있는 대로 커졌고, 입은 파리가 들락거려도 모를 정도로 쩍 벌어졌다.

몸을 비틀어 가면서 촬영하고 있는 조재춘을 비롯해 과장급들 모두 태어나 생전 처음 대하는 초월적인 광경에 경악하는 것도 잠시, 이내 안색이 창백해져 몸이 석고상처럼 굳어버렸다.

예전 단 한 번 잠시 일견했던 적이 있었던 차장들 역시 다르지 않았다.

몸을 뻣뻣이 굳히지는 않았지만 예전과는 비교가 되지 않는 광경에 넋을 놓고 있기는 마찬가지였다.

그때 잠시 나갔던 차민수가 들어오더니 역시나 실내의

기이한 현상에 내심 식겁해서는 본능적으로 주춤주춤 물러섰다.

그와 때를 같이하여 담용이 차크라의 나디를 거두어들였다.

책상과 책장 그리고 각종 집기들이 언제 허공을 부유했었냐는 듯 새색시처럼 얌전히 제자리를 찾았다.

"……."

그렇게 잠시 실내에 정적이 내려앉았다.

곧 조택상의 입에서 옅은 탄성이 흘러나오는 것을 시작으로 정적은 깨졌다.

"아!"

"허어! 언제 이렇게까지 능력을……."

"거참, 기함할 일이로세."

차장들이 차례로 한마디씩 내뱉는 것을 본 담용이 탁자 위의 장식용 수석을 일별하고는 지체 없이 물었다.

"조 차장님, 저 수석이 귀한 겁니까?"

"그렇지는 않네만……."

개인 집무실이나 가정이 아닌 누구나 들락거릴 수 있는 회의실에 비치된 수석이 그리 값비싼 것일 수는 없다.

"그럼 저기 도자기는요?"

실내 모서리의 협탁에 놓인 청자 항아리를 말함이었다.

"그것 역시 시중에서 흔히 파는 것이네만……."

도자기에 대해 문외한인 사람이 본다면 그럴듯해 보이는 청자 항아리였지만 대량으로 생산된 제품 중 하나일 뿐이었다.

휑한 실내에 구색을 맞추기 위해 비치한 집기란 뜻이다.

"그렇다면 실험을 해 봐도 큰 손해는 없겠지요?"

"그, 그렇지."

담용의 말에 뭘 하려고 그러나 싶었던지 모두들 수석과 도자기를 번갈아 쳐다보며 궁금증을 자아냈다.

그도 그럴 것이 그들의 눈에는 아직까지 조금 전의 광경이 뇌리에 남아 있어서인지 호기심이 가시질 않고 있었던 것이다.

"조 과장님, 수석을 들어 보고 무게를 가늠해 주시겠습니까?"

"그, 그러지."

캠코더를 어깨에 두른 조재춘이 탁자로 다가가 수석을 들어 보고는 어느 정도 가늠이 됐는지 내려놓으며 말했다.

"약 1킬로 정도네."

"알겠습니다. 물러나십시오."

"어? 그, 그래."

상당히 위험할 것 같은 기분이라 조재춘이 꾸물거리지 않고 재빨리 자리를 옮겼다.

"그리고 이정식 과장님도 위험하니 도자기 옆에서 물러나 주십시오."

이정식이 불에 데기라 한 듯이 급히 물러나는 것을 본 담용이 차크라를 운기해 수석에 염력을 보내고는 곧장 도자기로 시선을 보냈다.

순간, 수석이 나무 받침대만 남겨 놓고 '획!' 날더니 찰나간에 '퍽!' 하는 소음을 냈다.

와장창창.

도자기가 박살 나면서 파편들이 흩어질 때 수석은 되돌아와 얌전하게 제자리에 놓였다.

"헛!"

"헐-!"

저마다의 입에서 외마디 헛바람이 튀어나왔다.

그러나 담용은 놀랄 시간도 주지 않고 곧바로 입을 열었다.

"꽃병을 좀 쓰겠습니다."

허락도 받지 않고 담용은 수석 옆에서 노란 꽃을 피우고 있는 국화병에 또다시 염력을 보냈다.

찰나, '툭' 하는 얕은 소음이 일자마자 병목이 잘렸다.

잘린 면이 다소 거칠긴 했지만 이는 담용의 염력이 약해서라기보다 아직까지 조율하는 경지가 서툴기 때문인 듯했다.

직접 시험해 볼 기회가 그리 많지 않았던 바도 있었지만 어쩐지 꼭 해낼 것만 같았다. 아니, 자신이 있었다.

이는 본신에 잠재되어 있는 차크라가 가능하다고 말하고 있었기 때문이었다.

잠재된 능력이 등을 떠밀었다고나 할까.

어쨌든 담용은 이들이 놀라거나 말거나 태연하게 말했다.

"이 정도로 하지요."

"자, 잘 봤네."

"그렇군. 눈이 호강을 했어."

"허헛, 늙은이 간 떨어질 뻔했네."

"별말씀을요."

살짝 고개를 숙여 보이며 겸손을 내비치는 담용이었다.

그러나 차장들이 차례로 감탄의 말을 내뱉긴 했어도 내심 간담이 서늘해짐은 어쩔 수 없었다.

그 이유는 다른 데 있지 않았다.

방금 담용이 보여 준 염력은 그야말로 살인적이라 할 수 있었기 때문이다.

첫 번째 보여 준 부양 능력은 사람이든 물건이든 붕 떠올려 벽에 처박을 수 있음을 뜻했고, 두 번째는 마음만 먹는다면 상대를 불문하고 날벼락을 맞게 할 수 있다는 것, 세 번째는 쥐도 새도 모르게 목을 꺾어 암살해 버릴 수 있음을 보여 주고 있었다.

차장들은 물론 과장들까지 담용이 삐딱한 마음만 먹는다면 능히 그렇게 할 수 있음을 어찌 모를까?

고로 표적이 된 쪽은 불면의 밤을 보낼 수밖에 없다.

절로 식은땀이 등허리를 적시고 전신은 오한으로 후덜덜했다.

물론 이는 담용이 그런 쪽으로 작심을 했을 경우의 일이다.

사실 아군이라면 그 누구보다 든든한 공격력과 방어력을 보유한 것이겠지만 만약 적이라면 행여 눈에 띌까 두려워해야 할, 소리 없는 암살자가 담용이다.

담용이 서른여덟 살의 회귀자임을 알 리 없는 조택상의 내심은 그렇게 엉뚱한 쪽으로까지 이어지고 있었다.

그러나 조택상이 잘못 알고 있는 점이 있었는데, 그건 담용이 아직 사람을 살해할 정도로 깊은 경지에 이르지 못했다는 것이었다.

1킬로 무게의 아담한 수석으로 도자기를 깨뜨린 것과 유리 꽃병의 병목을 자른 것으로는 부상을 입힐지는 몰라도 살해하기는 어려웠다.

설사 돌로 급소라 할 수 있는 목 부위를 타격한다고 해도 사람을 죽이기는 쉽지 않다.

사람의 목숨이 의외로 질기기도 하지만 근육과 뼈가 그리 허약하지 않아서다.

하지만 실내에 있는 사람들에게 효과는 그만이었다.

염력만으로 도자기를 박살 내고 꽃병의 목을 자른 것은

사람도 마음만 먹으면 언제든 해칠 수 있음을 각인시켰던 것이다.

'의도가 먹혔나?'

면면들을 보니 안색이 수시로 변하고 있는 것을 알 수 있었다.

그만큼 생각들이 많아지고 있음이다.

'젠장. 억측은 반갑지 않은데…….'

차장과 과장 들이 무슨 생각을 하고 있는지 모를 담용이 아니었다.

'쯧, 내가 그렇게 막무가내인 사람은 아니라고요.'

담용의 인성은 자신의 초능력을 함부로 사용한다거나 남용할 정도로 모질지 않았다.

또한 만의 하나를 위해서라도 그럴 수가 없다.

그 이유는 자신이 초능력을 사용하는 장면을 누군가 보거나 촬영을 하게 된다면 결코 작은 일일 수가 없기 때문이다.

이는 임무를 수행할 때도 마찬가지다.

-대한민국이 초유의 전력감이랄 수 있는 초능력자를 보유하고 있다.

그야말로 일파만파가 되어 세계적인 이슈가 될 것이고, 나아가 지대한 관심이 쏠리게 되어 대한민국이 곤란한 지경에 처할 수도 있다.

강대국들이 갖가지 핑계를 들며 다방면으로 간섭해 들어오는 상황에 정부도 정치권도 들썩할 수밖에 없다.

이유는 약소국이 초능력자를 보유하고 있으면 자제할 능력이 없다는 구실로 제재를 가할 수도 있기 때문이다.

'북한의 핵보유를 반대하는 것과 똑같은 꼴이 될걸.'

혹자들은 말한다.

미국이나 중국, 러시아는 핵을 보유하고 있으면서 왜 북한만 안 된다는 거냐고.

이는 하나만 알고 둘은 모르는 소리다.

여러 가지 이유가 있겠지만, 그중 가장 강력한 이유는 바로 자제력이다.

미국, 중국, 러시아는 자제할 능력과 이성이 있지만 북한은 그런 것이 전혀 없어서다.

언제 터질지 모르는 시한폭탄 같은 폭급한 집단이기 때문이다.

마치 어린아이의 손에 칼이 쥐인 것과 같이 언제 휘두를지 모른다고나 할까.

이처럼 초능력자를 보유한 대한민국도 같은 맥락에서 북한과 같이 취급받을지도 모른다.

작금의 시대에 초능력자들이 전혀 없는 것은 아니다.

세계 각국에서 초능력자를 비밀리에 양성하고 있다는 것

은 비밀도 아니다.

하지만 효과가 그리 크지 않아 전력감이 되지 못하는 실정이라 내놓지 못하는 것이다.

기껏해야 유리겔라처럼 숟가락이나 구부리는 정도였지 회의실의 책상과 집기 들을 부양시키고 1킬로의 돌을 날려 물건을 부수는 일을 하는 초능력자는 세계의 그 어디에도 없었다.

아직까지는.

고로 조심에 조심을 거듭하지 않으면 안 된다.

그런 이유로 국정원에서도 히든카드로 여겨 대통령에게까지 비밀로 하면서 쉬쉬하는 것이다.

조택상은 뇌리로 수만 가지 생각이 얽히고 있었지만 그런 와중에도 담용의 심중이 백번 이해가 갔다.

'쯧, 저 나이에 저런 능력을 지녔다면 휘두르고 싶어 할 만도 하지.'

비록 철모르는 어린아이는 아닐지라도 혈기가 방장한 청년인 담용이다.

능력을 지니고 있음에도 꾹 참아야 하는 그 심정이 이해가 갔다.

그렇지만 저렇듯 대단한 능력을 지니고 있을수록 초인적인 절제가 필요하고, 그만한 책임이 따라야 한다.

"크흐흠."

조택상이 분위기가 요상해진다 싶자 이를 바꾸려 헛기침을 해 대고는 차민수를 쳐다보았다.

“그래, 뭐라던가?”

“아! 예…….”

여태껏 멍을 때리고 있던 차민수가 얼른 정신을 수습했다.

“가, 강동경찰서의 수사과장과 대화를 나눠 봤는데, 과장이 말하길 M시장에서 청년 세 명이 누군가에게 무차별 린치를 당했다는 신고가 들어와 수사에 들어갔다고 합니다.”

“상태는?”

“의사 말로는 치료를 하더라도 정상적인 생활은 어려울 거라고 합니다.”

“신분이 뭐래?”

“맥시멈환경 직원이랍니다.”

“맥시멈환경? 깡패라며?”

“조폭들이 세운 회사랍니다. 대표는 양기출이고요.”

“깡패가 회사원이라고? 뭐 하는 회산데?”

“아, 철거 회사라더군요.”

“허. 알 만하군.”

모두가 그런 것은 아니겠지만 환경 회사란 타이틀을 건 철거 회사는 대부분 조직폭력배와 연관되어 있을 공산이 큼을 모르지 않는 조택상이라 담용의 말이 그르지 않았음을 알고는 눈웃음을 지었다.

"병신으로 만든 건 너무했군."

"까닭이 없었던 건 아니었습니다."

하기야 길을 가던 애먼 사람을 상대로 모지락스럽게 다루지는 않았을 것이다.

"육 담당관, 누구와 관련된 일이라고?"

"제 고모님입니다."

"성함은?"

"육, 선 자, 여 자 되십니다."

"누구에게 어떻게 피해를 보셨나?"

"천경자라는 여자에게 사기를 당한 겁니다. M시장의 재개발 건으로요.

"차 과장, 들었나?"

"예."

"좀 더 알아보고 이 자리가 끝나는 대로 보고해."

"알겠습니다."

조택상의 지시를 다시 받은 차민수가 밖으로 나갔다.

"육 담당관, 자네…… 우리의 원훈을 한 번 읊어 보겠나?"

"엣! 자유自由, 진리眞理, 무명無名, 헌신獻身입니다."

자유와 진리를 향한 무명의 헌신을 한 단어씩 끊어서 한 말이다.

"무명의 헌신이 무슨 뜻인지 아나?"

"알고 있습니다. 하지만 국정원이 중앙정보부 시절부터

지금에 이르기까지 딱히 무명의 헌신을 해 왔다고는 여기지 않습니다. 이전의 적지 않은 잡음들은 예로 들 것도 없이 말입니다."

"그건……."

틀린 말이 아니어서 조택상도 당장 반박을 못 했다.

딱히 꼬집어 말하지 않더라도 대한민국의 성인이라면 다 알고 있는 얘기니 말이다.

물론 야단을 치며 혼을 내고 싶어도 그럴 상대가 아니었다.

때마침 뇌리로 꽃병의 병목이 툭 부러지던 장면이 떠올랐던 것이다.

그럴 리야 없겠지만 어느 날 길을 가다가 느닷없이 '뚝' 하고 목이 부러진다면!

담용이 범인이라 여기겠지만 그 누구도 증명할 길이 없다.

그런 상대를 앞에 두고 뭔 추궁?

그리고 틀린 말도 아니지 않은가?

조택상이 하지 않았더라도 이미 예전의 선배들이 저질러 온 일이 한두 가지였어야 말이지.

무명의 헌신.

세 번째 바뀐 원훈으로 굳이 꼽자면 현관 로비의 까만 와비에 각인되어 있는 수십 개의 별만이 그 자격이 있다고 할 것이다.

수십 개의 별.

모두가 이름도 없이 산화한 국정원 블랙요원들이다.

그들은 이름도 직위도 명예도 아닌 고작 별 한 개만이 살아온 인생의 전부였다.

고작이라고 말하는 자체가 죄송스러운 마음이지만 그들이 한 일에 대한 보상을 달리 표현할 길이 없었다.

그렇게 조국을 위해 임무를 수행하다 적국에 체포됐을 때 그 지독한 고문들을 기꺼이 감내하며 한목숨 초개같이 내던졌던 그들은 지금 별이 되어서까지 후배들에게 자긍심을 불어넣어 주고 있는 것이다.

블랙요원들은 외국에 파견되는 순간, 이미 국정원 요원이란 명단에서 삭제된다.

단지 국정원이 내세운 회사 소속이 신분의 전부였다.

임무를 수행하다 죽어 가더라도 국가에서는 나 몰라라 하는 존재 또한 이들이다.

설혹 문제가 될 경우라도 있을라치면 답은 이미 정해져 있었다.

그것도 정부의 공식적인 발언이다.

—우린 그런 사람을 알지 못한다. 그런 명령이나 지시를 내린 적이 없다. 했다면 회사나 개인 차원에서 벌인 일이지 국가에서 관여한 바가 없다.

공식적인 발언은 그랬지만 마음은 그렇지 않았다.

소리 죽여 울고 그들을 생각하며 기리는 것으로 조국을 위해 산화한 그들의 숭고한 영혼을 달래 줄 뿐이다.

그리고 남은 가족들을 보살펴 주는 일이 다다.

진정으로 존경의 염을 담아 대할 수밖에 없는 별들은 눈앞의 차장들과는 달라도 많이 달랐다.

국정원장과 1, 2, 3차장 그리고 기조실장은 대외적으로 드러난 인물들인 화이트요원이었다.

국장 이하 과장 등은 수면 밑의 그림자로 살아가는 존재들이었고 국정원장과 세 차장은 이들에게 명령과 지시를 내리는 고위직인 것이다.

국가정보원은 앞서 언급했듯이 대통령 직속 정보기관이다.

국민이 뽑은 국회의원들조차도 심문할 권리가 없으며 심문을 받는다고 해도 보고하거나 대답할 의무가 없는 부서다.

고로 대통령 직속이라 행정 수반의 명령을 최우선하여 수행할 수밖에 없다.

여기에 과잉 충성은 필수적으로 따르는 부산물로, 국정원장과 세 사람의 차장만이 그 자격이 있다.

수준의 정도나 범위의 한계는 있겠지만 대통령의 심기를 알아서 헤아려 음으로 양으로 행하는 일들을 수도 없이 지시해 온 사람들이 바로 이 네 사람이라고 해도 과언은 아니었다.

국장 이하의 직원들이야 명령에 따르면서 원망을 들을 수 밖에 없다.

직원들은 임무 과정에서 어쩌다 매스컴에 얼굴이 드러났더라도 주관 방송사나 신문사에서 알아서 모자이크 처리를 함으로써 신분을 노출시키지 않게 하는 것이 원칙으로 되어 있다.

여북했으면 결혼할 상대에게조차 신분을 숨긴 채 데이트를 하고 결혼을 할까?

지난날 '세기문화사'란 출판사가 대표적인 예로, 국정원 직원들이 명함에 파고 다녔던 그 회사다.

지금은 너무 드러난 탓에 폐지가 됐지만 말이다.

어쨌든 담용으로서는 '별'로 남은 사람들에게 죄송한 마음뿐이었다.

그랬기에 담용은 현관으로 들어섰을 때 로비에 비치되어 있는 와비를 일부러 보지 않고 지나쳤었다.

오늘 사퇴라는 도박을 해야 하는 그였기에 그분들을 볼 면목이 없어서다.

세 명의 차장 입장에서는 담용의 이 행동은 반란 또는 하극상이나 다름없는 짓거리였다.

그렇다고 해도 담용은 쉽게 내칠 수 있는 직원이 아니었다.

초능력자는 향후 1백 년이 흐른다고 해도 한 명 나올까 말까 한 희귀한, 범국가적인 존재였기 때문이다.

게다가 방금 보여 준 능력만큼 파워풀한 초능력자는 눈을 씻고 봐도 찾기 어려웠다.

물론 담용이 도박을 위해 신위를 일부를 내보인 것이긴 하지만, 그를 상대하는 세 명의 차장으로서는 고민이 깊어질 수밖에 없었다.

여태까지는 작전에 큰 도움이 될 것이라고는 여겼지만 설마하니 이 정도의 능력을 지닌 초능력자일 줄은 몰랐다는 표정을 가감 없이 드러내는 모습들이다.

세 명의 차장이 서로를 쳐다보며 잠시 눈빛을 주고받으며 교감을 나누는 눈치더니 곧 조택상이 돌아섰다.

"육 담당관, 직원윤리헌장은 외우고 있나?"

"예."

외우는 것이야 여반장 격이 된 터라 뭐든 자신이 있었다. 단지 물어보는 저의가 알쏭달쏭할 뿐이었다.

"그중 세 번째를 읊어 보게나?"

"우리는 양질의 정보를 신속히 제공하여 국익 증진에 기여한다."

"네 번째도 읊어 보게."

"우리는 개인의 명예를 잃는 것이 전체의 명예를 잃는 것임을 자각한다."

"다섯 번째도."

"우리는 동료애로 화합하고 평생 직원으로서의 긍지를 소중히 간직한다."

"잘 알고 있구먼. 그런데도 사표를 쓸 건가?"

"죄송합니다."

사퇴를 하는 것이 자신의 의지임을 내보이려는지 담용이 보다 더 정중하게 고개를 숙여 보였다.

"자넨 암호명을 부여받은 비밀 요원일세."

"죄송합니다."

"허어, 자네에게 부여되는 임무는 그 누구도 아닌 국가를 위한 일일세."

"그 역시 죄송하게 생각합니다."

"거참……."

요지부동인 담용의 한결같은 태도에 조택상은 입맛만 다셔야 했다.

'대체 뭐가 이 애로 하여금…….'

단순히 친혈육인 고모의 일로 그러는 것 같지는 않았다.

'독고다이로 뛰면서 뒷골목을 평정하려는 것도 아닌 것 같고…… 당최…….'

"왜 그러는지 이유를 말해 줄 수 있나?"

"죄송합니다."

이유야 많았지만 일일이 말하기보다 그저 미안한 감정을

담아 대답할 뿐인 담용이었다.

"이런……."

저렇듯 입을 꼭 다물고 있으니 이유를 알 도리가 없다고 여긴 조택상이 과장들을 둘러보며 맥 빠진 음성으로 손을 내저었다.

"다들 잠시 나가 주지. 육 담당관 자네도."

"옛!"

BINDER
BOOK

충고할 때 들을 것이지

회의실에는 차장급 세 사람만 남았다. 당연히 표정이 침중한 만큼 분위기도 무거웠다.

그렇게 잠시 침묵이 흐르는 가운데 마침내 선임자인 김덕모가 헛기침을 해 대고는 입을 뗐다.

"OP를 가동해야겠네."

"……!"

김덕모의 말에 조택상과 최형만의 눈썹이 곧추세워졌다.

"OP라니?"

"그, 그게 무슨 말인가?"

"왜? 대통령께서 직접 거론해 가장 먼저 없애 버린 부서라고 말하고 싶은가?"

"그야 당연한 것 아닌가?"

"맞아, 이제 사라진 지 1년이 지난 부서일세. 다시 재론한다는 건 좀 아니다 싶은데……."

"후우, 나 역시 자네들과 똑같은 생각이네만, 한 가지만 드러내면 가능할지도 몰라서 말을 꺼냈다네."

"그, 그게 뭔가?"

"초능력자."

"뭐라? 그, 그건 국가 기밀일세. 그것도 특급 기밀!"

"김 차장, 그걸 밝혔다가 뒷감당을 어쩌려고 그러나?"

초능력자란 말에 조택상과 최형만이 기함을 하며 머리부터 강하게 저어 댔다.

"그 문제는 대통령이라 하더라도 알아서는 안 되네."

"암은, 대통령이 정보 요원도 아니고…… 게다가 임기가 한정된 신분일세."

임기를 끝내고 떠나면 그만이란 말이다.

"하면? 저대로 사퇴하게 내버려 둘 건가?"

"……."

그 누구도 국정원을 사퇴하겠다는 사람을 말릴 수는 없다. 아니, 여태껏 뚜렷한 사유 없이 국정원을 사퇴하는 경우는 없었다고 해도 과언은 아니다.

설사 있다고 해도, 국내외적으로 문제가 되는 사건이 터지면 옷을 벗는 경우는 있지만 이건 그것과는 성격 자체가 달랐다.

아니, 오히려 들어오지 못해서 안달인 곳이 국정원이다.

그것도 공채도 특채도 아닌 5급 정규 직원의 경우에는 더욱 그렇다.

고로 사퇴는 초유의 일이라 할 수 있었다.

뭐, 사퇴하겠다면 받아 주면 되는 간단한 일이긴 하다.

근데 차장들의 고민은 사퇴를 원한 자가 국가적 보물인 초능력자라는 데 있었다.

건국 이래 대한민국에 초능력자가 단 한 번도 나타난 적이 없다 보니 이루 말할 수 없는 다용도의 전력감을 놓친다는 아쉬움이 너무 컸다.

"자네들이 육 담당관을 붙잡을 수만 있다면 나도 OP 문제는 없던 걸로 하지. 나 역시 대통령의 심기를 거스르면서까지 OP를 부활시킬 마음은 추호도 없으니 말일세."

감덕모의 입에서 OP란 용어가 두 번이나 언급됐다.

OP는 'Overpower'란 뜻으로 일종의 옥상옥 같은 부서다.

용어가 말해 주듯 거의 무한대의 권력을 휘두를 수 있음을 미루어 짐작할 수 있다.

"하지만 대통령 임기가 시작되자마자 OP를 가장 먼저 없앤 분인데, 권한다고 해서 수락하실지 그게 의문일세."

"그렇지. OP에 의해 고난을 많이 받은 분이라, 아마 모르긴 해도 'O'에 'O' 자만 나와도 경기를 일으키실 걸세."

"나도 그걸 모르는 바가 아닐세. 사실 우리 입장에서는 직분을 포함해 두 사람 중 한 사람을 택하라고 한다면, 난…… 초능력자를 택할 걸세. 대통령이야 정치 역량만 있다면 누구든 할 수 있는 자리지만, 초능력자는 되고 싶다고 해서 되는 게 아니니까."

그렇다고 제품을 찍어 내듯 제조해 낼 수도 없는 일이었다.

"하긴, 정보 요원으로서의 초능력자는 일인 군단이나 다름없으니……."

과연 정보 요원으로서만 일인 군단일까?

하지만 세 명의 차장은 정보 요원 외에 다른 생각은 아예 하지도 않았다.

"나 역시 그 말에는 동감일세. 그러지 않아도 별들이 자꾸 늘어나는 판국이라 육 담당관 같은 인재가 시급한 상황이야. 하지만 어떻게 설득할 건가? 구슬이 서 말이라도 꿰어야 그 가치를 발하는 것인데……."

"방법은 있네."

"설마 원장님께 떠넘기는 건 아닐 테고……."

"떠넘긴다고 해결이 될까?"

"소용없을 거야."

"그래서 내가 원장님과 같이 대통령을 만나 담판을 지을 생각이네."

"푸헐! 그런다고 수락하겠나?"

"수락하지 않으면 내가 옷을 벗도록 하지."

"뭐, 뭐라?"

"이 사람, 경솔하게 뭔 소린가?"

김덕모가 자신의 자리를 걸고 대통령을 설득시키고 말겠다는 소리에 '뜨헉' 한 조택상과 최형만이 엉덩이를 들썩거렸다.

"괜히 하는 말이 아닐세."

"엉? 바, 방안이 있는가?"

아무 대비도 없이 직위를 걸고 하는 말이 아님을 눈치챈 최형만이 어딘가 기대에 찬 표정으로 김덕모의 입을 주시했다.

"대통령께서 옛날의 감정으로 인해 예민하게 반응하는 것이야 이해를 하네만, 그렇다고 그런 감정에 치우쳐 인재를 사장시키면 곤란하단 말일세. 국가적으로도 엄청난 손해지. 그래서 말인데……."

"그, 그래서 뭐?"

"조 과장이 촬영한 영상을 그대로 보여 줄 작정이네."

"엉? 그, 그건 안 되네."

"맞아, 조금 전에 뭔 말을 들은 겐가?"

"알아, 안다고. 대통령도 입을 가진 사람이고 임기도 제한되어 있음을 왜 몰라?"

"그런데 왜?"

"입을 다물게 해야지, 무덤까지."

"헐! 어째 간단하게 말하는 것 같군."

"아니야, 김 차장 말도 일리는 있어."

"어? 최 차장은 또 왜 그래?"

"아아, 김 차장은 지금 그 어떤 수단과 방법을 동원해서라도 육 담당관을 잡아 놓으려고 하는 거야. 그러니까 그 일보다 중요한 게 없다는 거지. 대통령께 공개해서라도 말이야. 김 차장, 내 말이 맞나?"

"하핫! 마치 속을 내보인 것 같은 기분이군."

"허어! 이 사람들이……."

툭툭.

"조 차장, 되었네. 그렇게라도 해서 붙들어야지 어쩌겠나?"

"젠장 할. 저번에 상영된 '쒸리'가 사람을 다 버려 놨군."

"뭐? 조 차장은 육 담당관이 지금 쒸리라는 영화를 보고 저런다고 여기는가?"

"그게 아니면?"

"에이, 그건 오버일세."

"쩝, 쒸리를 심의할 때 좀 더 강력하게 상영 불가 판정을 내렸어야 했는데……."

"하핫, 이미 지나간 일일세. 그리고 그 영화는 이미 대박을 친 상태라…… OP에 관해서는 누구라도 다 아는 사실 아닌가?"

"제길……."

그랬다.

기실 영화 쉬리의 경우 707특임대 출신의 주인공을 작중 정보기관인 OP에서 채용했다는 설정이 있었다.

작가와 감독이 알고 설정했는지는 모르지만, 국정원에서 속으로 뜨끔했던 것은 사실이었다.

뭐, OP가 됐든 CP가 됐든 또 뭐라고 작명을 했든 부서의 이름을 바꾸는 것은 일도 아니었기에 중요하지도 않았다.

임무 내용이 중요한 것이지.

그리고 작품 속 설정은 설정으로 끝나는 것이고 또 그것을 현실에 접목시키는 사람은 없다.

바보 천치나 그걸 곧이곧대로 믿고 떠벌리고 다닐까.

더하여 작품을 설정하는 작가는 작품 속에서 무소불위의 힘을 발하는 절대자나 마찬가지이니, 그걸 가지고 딴죽을 건다는 것 또한 코미디 같은 일이다.

북한을 찬양, 고무한 것도 아닌 바에야.

그런데 여기서 짚고 넘어가야 할 점은 세계 각국 정보기관에서 옥상옥처럼 별도로 부서를 두어 자체 특수부대를 운용하는 게 사실이라는 것이다.

이를테면 러시아의 경우 알파부대가 존재했다.

동서 냉전 시대 당시 알파부대의 소속이 KGB였던 것이다. 지금이야 이름을 달리해 같은 역할을 하겠지만 사실이었다.

그뿐이 아니다.

미국의 CIA 역시 CIA SAD라는 특수행동국을 두어 특수부대를 운용하고 있다는 것은 더 이상 비밀도 아니다.

"김 차장, 언제 갈 건가?"

"쇠뿔도 단김에 빼야 하지 않겠나? 마침 원장님이 자리에 계시니, 지금 움직이는 게 좋겠어."

"그래, 기왕이면 서두르는 게 좋지. 뭐, 대통령께서 시간이 있을지가 관건이긴 하지만……."

"없어도 내시게 해야지. 나라의 보물이 빠져나가려는 판에 그보다 중요한 일이 어딨다고?"

"참나, 초능력자가 둘만 돼도 이리 골 싸매고 있지는 않을 텐데……."

"하하핫. 조 차장, 행여나 그 같은 말을 육 담당관 앞에서 하지 말게. 나 역시 그 말이 입안에 맴맴 돌았지만 뱉을 수 없었네. 그건 초능력자가 다시 또 나온다는 보장이 없어서일세."

"나도 알아, 안다고. 근데 말일세."

"또 뭐가 문젠가?"

"만약 대통령께서 수락하신다고 쳐도 육 담당관의 나이에 자신에게 주어질 권한을 자제할 수 있는 소양을 지니고 있느냐는 거야."

"아아, 그 문제는 내가 보장하지."

"어떻게?"

"어떻게는? 심성이 모나지 않은 걸 믿는 거지."

"푸헐! 너무 막연한 것 아닌가?"

"그렇지 않네. 육 담당관이 여태 해 온 일을 보면 알고도 남음이 있네. 그건 자네도 짐작하고 있잖나?"

"그렇긴 한데……."

사실이 그랬다.

그 홀로 나라의 부도 상황을 조금이라도 타파해 보기 위해 외투사들을 상대로 고군분투해 오고 있다.

그리고 야쿠자들의 자금이 유입되는 것을 그 홀로 온몸으로 막아 왔음을 왜 모를까?

이 모두 개인의 이익을 위해 나선 것이 아니라 국익을 위한 것이다.

그것이 더 빛을 발하는 건 누가 시켜서 한 일이 아닌 자발적인 행동이라는 데 있었다. 국정원은 그저 발만 슬쩍 담갔을 뿐이고.

그래서 더 이상 딴죽을 걸려야 걸 게 없는 조택상이다.

"나 역시 심성 문제는 최 차장의 생각에 동의하네."

"당연한 걸세."

"자, 난 일어나 봐야겠네. 고모란 사람이 그 지경이 되었다니 검찰청에 협조를 구해야겠어. 아마도 그것이 육 담당관을 답답하게 했을 것 같은 예감이 드네."

능력이 있음에도 불구하고 공무원 신분이란 이유로 참아야 하는 처지가 십분 이해돼서 하는 말이다.

게다가 절제하기 어려운 젊은 나이를 감안하면 사퇴하겠다고 말해 준 것만 해도 감지덕지다.

만약 그렇지 않고 가진 능력으로 혼자 움직였다면, 관련된 경찰은 물론 고모의 일에 연관된 많은 이들이 죽거나 불구가 되었을지도 모른다.

사람을 살해하는 것이 쉽기야 하겠냐만, 초능력자가 마음만 먹으면 증거조차 남지 않아 미결 사건으로 흘러버릴 것이다.

이를 모르는 조택상과 최형만이 아니었다.

"그럴 수도 있겠군."

"쩝, 오늘은 좀 바쁘겠는걸."

"허헛, 수고하게나."

"건투를 비네."

"아! 육 담당관을 여기 재워서라도 꽉 붙들어 놓고 있게."

"염려 말게. 퇴근하더라도 다시 오게 만들 테니까. 그리고 나도 직원들을 풀어서 M시장의 사정을 알아보도록 하지. 그러면 아마 관심이 있어서라도 오지 않을까 싶으이."

"하핫, 기왕이면 육 담당관의 고모를 사기 친 자가 누군지도 알아봐서 조치를 적절히 했으면 좋겠군."

"그러지. 어차피 붙들려면 그걸로 점수를 좀 따 두는 것도 좋겠지."

"사기를 쳤다면 필시 그 전에 구린 구석이 있는 작자일 것이고, 시장파 녀석들도 털면 먼지가 수북할 게야."

명분이야 만들면 된다.

최근 국정원이 대통령에게 밉보여 다소 쪼그라들었다지만 하자고 들면 못할 것도 없다.

즉, 이현령비현령耳懸鈴鼻懸鈴은 구실만 있으면 언제든 가능했다.

구실이 없으면 만들면 된다. 단 애먼 사람이 아니라는 전제하에서.

그러나 수사할 꼬투리만 있다면 상대가 누구든 대통령도 국정원의 손을 들어 줄 수밖에 없다.

"이근호 청장에게 직접 관심을 가져 달라고 부탁을 해야겠어."

"기왕이면 특수수사과를 움직이게 해 달라고 하지 그러나?"

경찰청 특수수사과.

검찰청으로 말하자면 중앙수사부에 해당하는 부서로, 전신이 경찰청 사직동 팀이다.

경찰청 사직동 팀은 과거 80년대 학생 운동권 및 빨갱이 색출 작업 등 대공 사건과 정치적 수사에 주로 동원이 되었다.

고로 조직 내에서도 조금은 비밀스럽다 할 정도로 베일에 가려져 있으며 정부의 명령에 따라 움직이는 조직이었다.

"어쩔 수 없지. 대통령께서 우리 다음으로 싫어해서 사직동 팀을 해체하긴 했지만, 아직은 건재하니 그쪽을 움직이는 게 좋겠지."

조택상의 말대로 현 정부가 들어서면서 수사기관을 대대적으로 정비한 바가 있었다.

국정원 직원을 대폭 축소시키고 그 역할을 제한한 것은 물론, 경찰청 사직동 팀 또한 해체해 수사 기능만을 남긴 특수수사과로 이름을 바꿔 버렸다.

그렇다고 해도 특수수사과의 업무가 그리 만만하지는 않다.

업무가 주로 고위 공직자와 대통령 친, 인척 관리 및 각 분야의 첩보 수집이니 말이다.

아울러 대기업 관련된 사건과 여타 대형 사건을 담당하기도 했다.

이를테면 관할 경찰서에서 처리하기 힘든 굵직한 대형 사건을 특수수사과에 이첩시켜 전담한다고 하면 맞는 말이다.

"그쪽 친구들이 직급도 빵빵한 데다 대부분 빠릿빠릿한 젊은 직원들이라 하루면 껍데기까지 홀딱 벗길 수 있을걸."

맞는 말이었다.

특수수사과가 주로 대형 사건을 맡다 보니 구시대의 사람보다는 기동성을 겸비한 젊고 유능한, 즉 고시 출신 혹은 경정 특채나 경찰대 및 경찰 간부 후보생 등이 업무를 관장하고 있었다.

지휘 체계 역시 그만한 무게를 지닌 직급의 인물로, 경찰청 수사국장(치안감)의 지시 아래의 경무관급의 수사기획관이 실질적 지휘자인 것이다.

"그렇지. 뭐, 그리 어려운 일도 아니니 금세 끝날 걸세."

"하하핫, 이 청장에게 빚을 지어 놓아도 시원찮은 판에 오히려 빚을 지게 되다니."

"서로 상부상조하는 거지. 뭐, 맡은 임무에 비해 찌질하긴 하겠지만 어쩌겠어, 발등에 불이 떨어질 판국인데."

경찰청장이야 부탁만 하면 들어줄 것이다.

굳이 가재가 게 편이 아니더라도 친구 사이고, 또 폭력배와 사기범을 수사하는 일이니 명분에도 어긋나지 않았다.

"그렇다면 난 오랜만에 세리쟁이에게 연락을 해서 안부나 물어보면서 슬쩍 흘려 봐야겠군."

세리쟁이는 국세청을 일컬음이다.

"어, 그래? 그것도 녀석들을 붙들 수 있는 약발 중에 하나지. 그럼 나는 시장파 놈들을 거꾸러뜨릴 팀을 하나 꾸려서 그 약발에 일조를 해야겠군. 자 자, 서둘러 보자고."

"그러세."

최형만이 무거운 엉덩이를 들자, 조택상도 따라 일어섰다.

다음 날 조재춘 과장의 사무실로 정장을 한 장년인이 방문했다.

"어머, 강 과장님, 어쩐 일이세요?"

"어? 오랜만이군."

여직원의 인사에 대충 대답한 강 과장이 사무실을 둘러보고는 물었다.

"조 과장은?"

"차 장님실에 계신데요?"

"그래? 긴한 얘기 중인가?"

"잘 모르겠어요. 오셨다고 전해 드릴까요?"

"그래 주게."

"잠시만요."

여직원이 안쪽에 붙은 문에 노크를 하려고 할 때, 때마침 문이 열리면서 조재춘이 모습을 드러냈다.

"어? 강 과장."

"조 과장, 마침 잘 나왔다."

"왜? 내게 볼일이 있어?"

"응, 거 왜 육담용 담당관 말이야."

"응? 육 담당관은 왜?"

"왜긴, 감사를 받아야지."

"뭐? 가, 감사? 이봐, 강 과장, 내가 전번에 한 말 잊었어?"

"푸훗! 그냥 넘어가자고 말한 거?"

"그래, 그새 잊었을 리는 없을 테고."

"쯧, 말이 되는 소리라야지. 예외가 없다는 걸 모르나?"

"알지. 하지만 이번만은 그냥 넘어가자고."

"안 된다는 걸 알잖아? 육 담당관 어딨어?"

'이런 젠장 할. 하필이면…….'

국정원 직원이라면 감사를 받는 건 당연한 수순이지만, 그 시기가 좋지 않아 조재춘은 방금 자신이 나왔던 차장실을 흘깃거렸다.

감사실의 감사에 대해서는 자신이 관여할 일이 아니었기에 잠시 머뭇거렸다.

"꼭 오늘 해야 하나?"

"그래, 안 그래도 많이 늦었다네."

"오늘은 곤란한데…… 특별히 감사를 받아야 할 일이 있나?"

"몇 가지 물어볼 게 있네."

"이봐, 강 과장, 다른 날로 하면 안 되겠나?"

"그건 곤란해. 곧 연수를 끝낸 신입 요원들이 들이닥쳐서 시간이 없네."

"거참……."

조재춘이 곤혹스러운 표정을 짓자 강시우가 의아한 표정으로 물었다.

"표정이 왜 그래? 내가 알기로는 임무를 나간 것도 아닌 것 같던데?"

"잠시만 기다리게."

차장실 문을 다시 연 조재춘이 들어갔다가 금세 나왔다.

"강 과장, 차장님께서 잠시 보자고 하시네."

"왜 날 보자고 하시지?"

"일단 들어가서 말을 들어 보면 알겠지."

"그러지."

조재춘이 강 과장을 데리고 들어가자, 인사도 하기 전에 별로 반기는 기색이 없는 최형만의 입에서 퉁명한 말투가 튀어나왔다.

"강시우 과장, 육 담당관을 감사하겠다고?"

"아, 예, 규정이라……."

"접어."

"예? 저, 접으라니요?"

연기하라는 것도 아니고 대뜸 접으라는 말에 뜻밖의 말을 들었다는 듯 눈썹이 살짝 위로 치켜지는 강시우다.

"접으라면 접어!"

"아, 안 됩니다."

워낙 강렬한 눈빛에다 말투까지 차갑게 내뱉는 통에 강시우가 더듬거리며 시선을 돌렸다.

"왜? 문제가 있어?"

"예, 몇 가지……."

"푸헐, 그 몇 가지가 뭔지 대충 알겠구만."

보나 마나 야쿠자들의 자금을 어떤 경로로 알았느냐, 탈취한 자금이 신고한 자금 외에 또 없냐 하는 문제일 터.

더 있다면 공채도 특채도 아닌 상태에서 정규 직원이 된 배경과 그 사유일 것이고.

뭐, 확실히 감사를 받아야 하는 사항이고 기록에 남겨야 하는 일이긴 했다. 그랬기에 국정원 직원이라면 감사는 예외 없이 받아야 했다.

이는 서류상으로 전해지는 것과 실지로 당사자를 대면해서 조사하는 것에 분명한 차이가 있어서다.

국정원은 국가의 기밀과 국내외의 정보를 다루는 기관이기에 감사가 철저했다. 그것도 이중, 삼중의 감사가 이루어지고 있었다.

그렇다고 해도 초능력자의 가치에 비할 수는 없다.

더구나 차장인 최형만이 직접 조사해서 천거한 인물인 바에야 감사는 요식행위일 뿐이다.

최형만으로서는 이미 검증된 요원을, 고작 그런 일로 초능력자의 비위를 거스를 수는 없다는 생각이었다.

그러지 않아도 비위가 뒤틀려 있는 초능력자인데 감사를 받으라고 하면 당장 뛰쳐나가고 말 것이다.

아니, 받는다고 해도 그다음 수순이 어찌 될지 미루어 짐작할 수 있는 일이었다.

'쯧, 코드네임을 부여받은 특급 요원임을 안다면 감히 감사할 생각을 못할 텐데…… 밝힐 수도 없고…….'

감사실은 감사만 하면 되었기에 직원의 임무나 사정은 그리 중요하지 않아서 저러는 것이다.

"물론 국정원 직원이라면 예외 없이 감사에 응해야 하는 건 안다. 그러나 지금은 그만한 사정이 있어. 그러니까 돌아가."

"차, 차장님, 저더러 규정을 위반하라시면 곤란합니다."

"위반하라는 게 아냐, 다음으로 미루란 말이다."

"그건 곤란합니다. 곧 신입들이……."

탕!

"지랄! 그렇다면 왜 하필이면 지금이야? 어차피 늦은 거 아니냐고?"

최형만의 역정이 점점 더 노처녀 히스테리처럼 변해 갔다.

"저, 저희도 그동안 육 담당관을 조사하는 과정에서 지체

된 사정이 있었습니다."

"푸훗! 항상 고무줄 타령이지."

실사를 하기 전에 미리 조사하는 과정이 있기 마련이다. 그것이 직원에 따라 달라 기간이 짧기도 하고 길기도 해서 제각각 다를 수밖에 없음을 알고 있음에도 최형만은 이런 사정을 고려치 않고 막말을 해 대고 있었다.

"오 실장에게 전해. 나와 김 차장 그리고 조 차장이 책임진다고."

"예? 그, 그게 무슨 말씀이신지……?"

"왜? 원장님까지 보증을 서야 물러나겠나?"

"아, 아니, 제 말은……."

"그만! 이제 돌아가."

"아, 알겠습니다. 물러가겠습니다."

최형만의 역성이 이만저만이 아니란 생각에 강시우도 고개를 숙이고는 돌아섰다.

방문한 시기가 좋지 않았다는 점은 생각지도 못한 강시우의 표정은 잔뜩 굳어 있었다.

그도 그럴 것이 직원들을 감사하는 업무를 맡은 이후 처음 당하는 일이었기 때문이다.

그런 강시우의 귀로 최형만의 말이 들려왔다.

"강 과장, 내 충고 하나 하지."

"……?"

"노파심에서 하는 말이네만, 행여라도 육 담당관을 건드릴 마음은 추호도 먹지 말게. 이건 경고네."

'하! 경고라고? 감사실을 우습게 아는군. 어디 한번 두고 보지.'

육 담용이란 자가 더 괘씸해지는 강시우다.

조재춘이 강시우의 뒤를 따라 나갔다.

문을 나서자마자 강시우의 입에서 볼멘소리가 나오는 건 당연했다.

"영감님이 오늘따라 왜 저리 역정이신데?"

"강 과장, 그럴 일이 있다고만 알고 접는 게 좋아."

"하! 자네까지?"

"나?"

"그래, 자네까지 왜 그러느냐고?"

"훗! 나뿐만 아니라 세 분 차장님 모두가 그럴걸."

"그 소린 차장님께도 들었지만, 난 도통 이해가 안 간다. 이유나 말해 봐, 들어 보고 감사를 하든지 말든지 할 테니까 말이야."

"뭐? 나더러 말하라고?"

"왜? 못해?"

"응, 그걸 말하면 난 그 자리에서 이거야."

조재춘이 손날로 자신의 목을 치는 시늉을 했다.

"그래? 그렇다면 나도 포기 못 하지."

'허어. 이 친구가…… 경고를 무시할 작정인 모양이군.'

"나, 가네."

"가, 강 과장, 내가 입사 동기로서 충고하는데, 절대로 경고를 무시하지 말게. 부탁일세."

"하하핫."

조재춘의 말을 귓등으로 흘린 강시우가 한바탕 웃어 젖히더니 손을 흔들어 보이고는 사무실을 나갔다.

"이, 이봐, 강 과장!"

텅!

조재춘의 부름은 문이 닫히는 것으로 돌아왔다.

'빌어먹을 자식, 충고를 할 때 들을 것이지.'

내심 그렇게 말한 조재춘이 눈을 질끈 감아 버렸다.

강시우의 모습이 어떻게 될지 눈에 선한 조재춘은 제발 아무런 일이 없기를 바랐다.

차장들의 음모(?)와 감사의 대상이 됐음을 알 리 없는 담용이 정오가 한참 지나서야 국정원에 출근했다.

국정원에 자신의 자리가 있을 리가 없는 담용이다.

그의 공식적인 자리는 건설교통부 운용지원과에 있기에 할 수 없이 휴게실을 찾아 느긋한 자세로 커피를 한 모금 홀

쩍인 담용이 중얼거렸다.

"거참, 모험이 통하다니."

의외라는 생각에 담용이 머리에 꽃을 꽂은 여인처럼 비죽비죽 웃어 댔다.

이유는 다름이 아니라 최형만 3차장이 직접 찾아와 했던 말에서 비롯됐다.

—육 담당관, 내일까지만 기다려 주게. 내일이 지나도 우리가 마땅한 답을 내놓지 않으면 그때는 사퇴를 막지 않겠네. 그러니 아직 사퇴를 받아들인 것이 아니니까 내일은 이곳으로 출근하게.

이렇듯 담용의 얼굴이 눈에 띄게 밝아진 이유는 최형만 차장의 그 말 한마디 때문이었다.

기실 국정원을 그만둬도 상관은 없다.

뭐, 거창하게 국가를 위해 이 한 몸 바치겠다는 생각이 없지는 않지만, 딱히 그럴 만한 비상사태가 아닌 이상 나설 마음은 추호도 없었다.

물론 소리 없는 총성도 무시하지 못한다고는 하지만 각 분야에서 제 역할을 하는 이들이 있으니 그들에게 맡기면 될 터.

담용은 그대로 할 일을 하면 될 것이고, 만약 국정원의 힘이 필요할 일이 생긴다면 서로 '윈윈' 하면 된다.

솔직한 심정은 어느 곳에도 얽매이지 않는 자유로운 영혼이고 싶었다. 신분상 제약이 많은 공무원은 그리 달갑지 않았다.

기실 담용은 '쒀리'를 본 적도 없어 OP란 용어를 알지도 못했다.

단순히 공무원이란 탈을 벗어던지고 마음대로 M시장파나 천경자를 징치하고 싶은 마음에서 욱했던 것이다.

뭐, 욱하긴 했어도 나름대로 이유는 당연히 있었다.

고모인 육선여는 법이 없어도 살아갈 수 있을 정도로 선한 사람이다.

그런 사람이 사기를 당하고 알거지가 됐음에도 법이 아무런 도움을 주지 못했다는 점이 담용을 분노하게 했던 것이다.

물론 6억이란 돈을 사기당한 고모가 손을 놓고 있지는 않았다.

하지만 천경자의 '투자해서 손해를 본 것이라 자신에게는 책임이 없다.'란 말에 고모는 단 한 푼도 돌려받지 못했다.

성격상 끝까지 물고 늘어지거나 아웅다웅할 줄 모르는 고모이다 보니 그길로 천경자와 인연을 끊고 살길을 찾아 나선 것이다.

담용은 고모와의 대화 중 그 부분을 다시 한 번 상기해 보았다.

–고모, 그러니까 천경자에게 돈을 빌려준 것이 아니란 말이지?

–응, 투자였어. 그건 확실해.

–그런데 천경자가 상가는 사지 않고 좌판 딱지만 갖다 줬다고?

–내 손에 쥐인 건 좌판 딱지뿐이었어. 도로가에서 장사하는 사람들이 가진 권리라고 하더라. 그런 딱지가 싸고 나중에 프리미엄이 가장 많이 붙는다면서…….

–상가나 시장 골목 좌판은 안 샀어?

–그건 굉장히 비싸서 6억 갖고는 재미를 못 본다고 하더라.

–참 나, 시장은 가 봤고?

–천경자가 이곳저곳 날 데리고 다녔지. 주로 도로가를 많이 다녔어, 내가 투자할 곳이라면서.

–투자를 했다면 왜 한 푼도 못 받았어?

–그게…… 도로의 좌판은 조합원 자격을 상실했다면서 딱지는 쓸모없는 종이 쪼가리가 됐다더라. 자기도 손해를 많이 봤다며 펑펑 울던데?

–그게 쇼지, 그걸 믿어?

–나도 이상하다 싶었지. 그래서 친한 친구가 권하기를 사

기로 고소를 해 보라고 해서 고소장을 넣었지. 근데 투자를 해서 손해를 본 것은 사기 사건이 될 수 없다는데 어떡해?

–검사가 그래?

–응, 무혐의처분 통지서가 왔던걸.

"젠장, 수사를 했다면 사기 행각이 드러날 게 분명한데도 검사가 고소인이 '투자했다.'라는 진술서만 보고 무혐의로 처분을 하다니."

당연히 수사종결처분권을 가진 검사가 사건 수사 후 재판에 회부하지 않는 것이 상당하다고 판단하면 기소하지 않고 사건을 종결할 수 있다. 무혐의처분이 이에 속했다.

이는 재판까지 가지 않고도 천경자에게 죄가 될 만한 사안이 없다는 얘기다.

"그나저나 고소장을 다시 접수하란 이유가 뭐지?"

그것도 투자 사기를 내용으로 한 고소장이었다. 당연히 고소인은 육선여이며 피고소인은 천경자다.

이 일은 국내 담당인 차민수 과장이 담용에게 한 말에서 비롯됐다.

–육 담당관, 일단 가까운 강남경찰서에 고소장을 접수해 놓게. 얘기는 다 끝내 놨으니, 나머지는 경찰서에서 도와줄 것이네. 그리고 법원에도 천경자의 재산에 대해 처분금지가

처분을 해 놓게. 아! 또 중요한 한 가지가 있네. 뭐냐면, 알아보니 전번 고소장을 살펴보니 사기 사건으로 소장을 넣었더군. 그건 이미 7년이란 공소시효가 지나 그걸로는 엮어 넣지 못하네. 그러니 이번에는 고소장 내용에 횡령을 집어넣도록 하게.

그 말을 들은 담용이 당연히 고모를 위해서라도 부랴부랴 움직여 어제는 강남경찰서에 고소장을 접수하고 오늘은 소정의 서류를 갖추어 법원에다 처분금지가처분 신청을 한 상태였다.

두 군데 모두 접수할 당시 왠지 모르게 기다렸다는 듯이 신속하게 이루어지는 기분이었고, 접수 시간이 다소 늦었다 싶었지만 관계자들이 친절하게 대해 준 기억까지 났다.

특히 법원에서의 일은 다소 의외이기까지 해서 담용도 조금은 놀랐었다.

본시 부동산처분금지가처분이란 목적물에 대한 채무자의 소유권 이전, 저당권, 전세권, 임차권의 설정 등 일체의 처분행위를 금지하는 가처분을 뜻하는 용어로, 조금 복잡한 절차를 거친다.

절차가 복잡하다는 것은 신청 서류가 그렇단 말이다.

부동산처분금지가처분 신청을 위해서는 목적물 가액과 피보전 권리 그리고 목적 부동산에 대한 신청 취지 및 그 이유

등을 작성하여 관할 법원에 제출해야 한다.

그런데 담용이 가진 것은 달랑 통장 하나로, 거기에 천경자에게 계좌 이체를 한 사실 하나뿐이었다.

게다가 원래라면 피해 당사자가 직접 고소하고 접수를 해야 하지만, 그 또한 따지고 들지 않았다. 법정대리인이니 뭐니 하는 말을 아예 듣지도 못한 것이다.

당연히 담용으로서는 의아할 수밖에.

그러나 저간의 사정들을 유추하는 것은 별로 어렵지 않았다.

담용이 바로 국정원 요원이란 점과 상부에서 도움을 줬다는 것.

그 외에는 달리 추측해 볼 만한 데가 없었다.

'미리 연락을 한 건가?'

그랬다면 이해가 간다.

경찰이나 검찰, 법원 그리고 국정원. 서로 소가 닭 보듯 한다지만 유관되는 업무가 적지 않다 보니 상호간 배려를 해 주는 것은 그리 드문 일이 아니었다.

더욱이 차장급들을 포함해 국정원 간부들이 대개 검사나 판사 출신이다 보니, 그들의 입김을 탔다면 마냥 무시할 수만은 없었을 것이다.

차민수는 또 말하기를 천경자에게 탈세 추징 통지서가 갈 것이라고도 했다. 즉, 국세청에서도 나섰다는 얘기다.

털면 먼지가 나지 않는 사람은 거의 없다. 특히나 투기꾼이라면 국세청은 천적, 뱀 앞에 선 쥐 신세나 다름없다.

'어째 단번에 해결될 것 같은 기분인데?'

뭔가 한꺼번에 일이 시작되고 해결될 것 같은 느낌이 들었기에 할 일이 적지 않게 쌓여 있긴 했어도 지금은 마음이 편안했다.

그렇지만 담용은 이 모두가 자신을 붙잡아 놓으려는 수고임을 알지 못했다.

단지 직원이 그런 억울한 일을 당하고 있어 도움을 주는 것이라 여기고 있는 중이었다.

그런 이유로 슬그머니 미안한 감정이 고개를 쳐들고 있는 중이었다.

'쩝, 괜히 사퇴한다고 말했나?'

나름의 강수를 둔 것이긴 했지만 사실 기분 같아서는 공무원이란 굴레를 벗어던지고 마음껏 활보하고 싶은 마음이 없지 않았다.

주어진 임무 외에는 그 무엇도 마음 내키는 대로 할 수 없는 신분은 초능력자인 담용으로서는 코뚜레, 족쇄나 다름없었기 때문이다.

'지루하군.'

국정원으로 출근해서 별도의 지침이 있기 전까지 기다려 달라는 말만 아니었으면 이곳에 오지도 않았을 담용이라 기다리기는 것이 무료하기 짝이 없었다.

그래도 오랜만에 한가한 시간을 가지게 되어 그리 나쁘지는 않은 기분이다.

그렇다고 여전히 신경이 쓰이는 부분마저 자유로운 것은 아니었다.

'할 일도 많은데…….'

HDI빌딩 건도 신경을 써야 했고, 폴린 멕코이가 의뢰한 부동산도 수배해서 거래를 성사시켜야 했다.

두 가지 모두 물경 7천억 원과 5천억 원에 달하는 대형 거래다.

합해서 약 1조 2천억 원.

당당히 국익이란 말을 논할 수 있는 금액이라, 담용이 무척이나 신경을 쓰고 있는 거래다.

또한 이미옥이 맡고 있는 오도물산빌딩과 방배동 창고 역시 질질 끌 일이 아니었다.

이 외에도 한지원 과장의 토지 거래 건 등이 산적해 있는 상황이었다.

거기에 주경연 회장의 손녀 또한 담용으로 하여금 애틋한 마음을 가지게 했다.

그러나 아직은 여유가 있는 듯 주경연 회장으로부터 심한 독촉이 없어 부담이 적다.

'우선은 HDI빌딩을 경락받는 것이 급선무다.'

그야말로 초대형 경매 건이라 신경을 바짝 쓰지 않으면 파이낸싱스타에게 낙찰될 것이다.

'흥! 그렇게는 절대 안 되지!'

기실 갈아 먹어도 양에 차지 않을 파이낸싱스타였지만, 참고 또 참고 있는 중인 담용이다.

언젠가는 손을 봐 줄 놈들이었지만, 지금은 자신이 지워 버린 타일러의 문제도 있고 해서 잠시 미뤄 둔 상태다.

지금 손을 쓰게 되면 미국 측에서 나설 수도 있다.

이는 파이낸싱스타란 금융회사가 그리 만만한 곳이 아니어서 정치권을 움직일 수 있기 때문이다.

만에 하나라도 타일러의 문제가 불거질 수 있었기에 수면 아래로 가라앉을 때까지의 인내가 필요했다.

'쯧, 걱정한다고 해결되는 것도 아니니 차크라나 운기하면서 시간을 보내야겠어.'

새벽의 성주산에서 한차례 운기를 했었지만 자주 하면 할수록 몸에 익숙해지고 습관화가 됨을 아는 담용이 가부좌를 틀고 눈을 반개했다.

그러나 때를 맞추어 휴게실로 방해꾼이 들어섰다.

"육담용 담당관인가?"

"……!"

자신의 이름과 직책을 호명하는 소리에 담용이 얼른 가부좌를 풀고는 일어섰다.

휴게실로 들어선 자들은 세 명이었는데, 그중 앞에 선 인물은 강시우였다.

그러나 강시우를 모르는 담용은 무슨 일인가 싶어 곧장 대답했다.

"예, 제가 육담용입니다만……."

"잘됐군. 난 감사실의 강시우 과장이네."

"아, 예."

대답을 하면서도 퍼뜩 떠오른 것은 일전에 조재춘이 전해 준 말이었다.

'쯧, 조 과장님이 조만간 감사실의 호출이 있을 것이라더니…….'

그런데 고모의 일로 기분이 좀 풀릴 만하니 느닷없이 감사실의 호출이라 급격히 가라앉는 담용이다.

그래서 또 뇌리로 떠오른 말.

—뭐, 규정이긴 하지만 호출이 있더라도 시간은 자네가 정해서 감사를 받아도 되네. 요원들이 그리 한가한 사람들이 아니니까.

말인즉 대부분 업무가 과중한 요원들이라 감사는 자신이 받고 싶을 때 감사실로 방문하면 된다는 얘기다.

그런데 이렇게 직접 찾아오다니!

"무슨 일입니까?"

알면서도 묻는 건 담용의 감정이 다시 배배 꼬였다는 뜻이다.

"무슨 일이긴, 감사를 받아야 하지 않는가? 그러니 같이 좀 가 줘야겠네."

"그 문제라면 다음에 가지요. 오늘은 안 됩니다."

"뭐? 안 된다고?"

강시우의 입매가 비죽 틀어졌다. 명백한 조소였지만 담용은 모른 척하고 정중한 어조로 말했다.

"예, 지금은 긴요한 일이 있어서요. 다음에 시간을 내서 가도록 하겠습니다. 양해를 바랍니다."

"풋! 긴요한 일이 있다고?"

"예."

"내가 알기로는 없는 것 같던데…… 신사적으로 얘기할 때 따라오지 그러나?"

"오늘은 안 됩니다. 조만간 들르도록 할 테니, 그리 아십시오."

"호오, 그 말은 감사를 안 받겠다는 뜻이로군."

"감사를 안 받겠다는 것이 아니라 말미를 달라는 겁니다. 그리고 제게 긴요한 일이 있고 없고를 떠나 직원이 편한 시간에 감사를 받게 되어 있는 것으로 아는데, 제가 잘못 알고 있는 겁니까?"

순순하던 담용의 언성도 슬슬 높아지기 시작했다. 더불어 기분도 급격하게 다운됐다.

"틀린 말은 아니지만 자넨 구린 구석이 너무 많아서 연기는 곤란해. 그리고 우리가 자네 하나 때문에 할 일을 미룰 수가 없어 더 안 되겠는걸. 지금은 신입 사원들이 들이닥칠 때란 말이지. 그러니 순순히 따르는 게 좋을 거야."

"구린 구석이라니요? 제가요?"

"그건 가 보면 알게 돼. 그러니 강제로 끌어내기 전에 따라오지그래."

'이런! 젠장 할…….'

구린 구석이라니!

그만한 것이 있을 리가 없는 자신이다. 설사 있다고 하더라도 상층부에서 이미 다 알고 있는 사실이라 비밀도 아니었다.

감사실이라고 그걸 모를 리가 없는데 대뜸 하는 말이 구린 구석이 많단다.

거기에 강시우의 태도가 너무 고압적이다.

무슨 억하심정이라도 있는지 순순히 말을 들어 줄 표정도 아니었다.

기실 따지고 보면 코드네임을 부여받은 담용은 국정원장이나 차장급 이상이 아니면 그 누구에게도 구애받지 않는 신분이었다.

고로 눈앞의 강시우보다 더 직급이 높다. 아니, 직급을 떠나 특급 블랙요원이라는 특별한 신분이라 그 누구도 터치할 수가 없다.

그렇기에 조재춘이나 차민수 같은 과장급들도 대우를 해주고 있었고, 말투 역시 반존대를 하고 있는 와중이었다.

그것도 단지 나이가 많은 선배라는 이유 딱 하나다.

물론 겉으로 밝혀지면 곤란한 신분이었기에 강시우가 그런 사실을 모르고 있긴 하다.

그걸 밝힐 수도 없어, 담용은 심문을 하듯 자신을 몰아붙이는 강시우의 태도가 영 못마땅함에도 참을 수밖에 없다.

하지만 참는 건 참는 것이고 말투마저 그렇진 못했다.

'씨불, 이래서 마음에 안 든다니까.'

아직은 몸도 마음도 그리고 생각도 팔팔한 담용이다.

까짓것 사퇴하면 그만이다. 그렇게 되면 국정원을 향해 오줌도 눌 생각이 없다.

협조? 원원?

개뿔이다.

감사? 그것도 벼슬이라고 뻣뻣하게 나오니 국정원도 알조다.

그런 생각이 들자 다소 정중했던 자세가 펴지면서 오연한 태도로 바뀌었다.

"못 가겠다면 어쩔 거요?"

"뭐? 뭐라? 지금 '거요?'라고 했나?"

"그래, 했다. 그러는 너는 왜 시종 반말로 지껄이는데? 내가 니 졸따구야, 반말로 막대하게?"

어차피 막가기로 한 담용이라 굳이 존대를 할 필요성을 느끼지 못해 막말을 해 댔다.

엎어치나 메치나다.

아무리 변명해도, 아무리 바꾸려고 해도 결과는 똑같다는 의미다. 즉, 이러나저러나 사퇴하는 것은 마찬가지란 뜻이다.

강시우의 꼬락서니를 보아하니 결말이 좋게 날 것 같지 않아 더 이상의 저자세는 사양이었다.

더구나 비굴이란 단어는 담용의 사전에 아예 들어 있지도 않았다.

게다가 강시우는 상관도 아니어서 하극상에 해당되지도 않는다.

입사한 선후는 있을지 몰라도 같은 과장급이라 이 정도의 대거리는 당연하다고 여긴 담용이었다.

더해서 딱히 규정을 위반한 것도 아니지 않은가?

"하! 이런 시건방진 자식을 봤나!"

담용의 대거리에 어이가 없었는지 눈썹을 역팔자로 추켜올린 강시우가 쿠쿡거렸다.

"여러 말 섞지 않게 해 주니 오히려 내가 고맙군그래. 뭐

하나, 끌어내지 않고!”

“옛!”

‘후후훗, 이 새끼, 실장님도 없는데 아주 잘됐다. 어디 혼 좀 나 봐라.’

함께 데리고 온 직원들이 강시우의 한마디에 담용에게로 성큼성큼 다가섰다.

일부러 골라서 뽑아 왔는지 언뜻 보기에도 체구가 탄탄한 요원들이다.

세상 어디를 가도 단체나 집단이라면 부서 중 가장 껄끄러운 곳이 바로 감사실이라 할 수 있다.

또 껄끄러운 만큼 대개 콧대가 높고 타협을 모르며 기질 또한 강해, 그 직원들은 자연적으로 기피 대상으로 여겨 접촉을 꺼리기 마련이었다.

두 요원 또한 거기에 걸맞게 체구도 당당했고, 까다로운 인상에다 총기까지 엿보였다.

그러나 이들을 보고도 무표정으로 일관한 채 가만히 서 있을 뿐인 담용이다.

“순순히 가시죠.”

“…….”

담용은 대꾸하기도 귀찮아 묵묵히 서 있었지만 속으로는 ‘내가 도대체 왜 이런 짓거리를 당하고 있어야 하나?’라는 생각이 들었다.

아직 신입 딱지도 뗄까 말까 한 초년생이라 국정원에도 파벌이 존재하는지 어떤지 모르지만 이건 아니다 싶었다.

뭐, 신입을 길들여 보려는 시도라고 해도 지나친 면이 없지 않다고 여긴 담용이 강시우를 뚫어져 쳐다보았다.

“엉?”

두 요원이 담용의 겨드랑에 손을 집어넣고 끌고 가려 했지만 미동도 않자 서로 눈빛을 교환하고는 이내 팔에 힘을 조금 더 보탰다.

한데 그래도 꿈쩍도 하지 않았다.

“버티지 말고 조용히 가시죠.”

상급자라 막말은 하지 못하고 조금은 정중히 권하지만 인상은 처음보다 더 일그러졌다.

“데리고 갈 수 있으면 해 보게, 난 반항하지 않을 테니. 단, 내게 위해를 가해서 데려가려고 한다면, 나도 가만있지 않을 것이네.”

그렇게 말하면서 은연중 차크라를 이용해 몸을 단단히 굳힌 뒤 무게중심의 비중을 하체에 할애하고는 태연한 표정을 지었다.

“이익!”

“우얍!”

요원 두 명이 재차 있는 힘을 다해 보지만, 담용은 미동도 않은 채 시선은 여전히 강시우에게서 떼지 않았다.

"지금 뭐 하고 있나? 어서 데려가지 않고!"

"후우읍! 으야압!"

"하아합!"

강시우의 재촉에 두 요원이 다시 한 번 힘을 내서 안간힘을 써 보지만 꿈쩍도 않기는 마찬가지였다.

"아니, 대체…… 다시 한 번 해 보자고."

"그래, 내가 숫자를 세지. 하나, 둘, 셋! 으랏차차!"

"하아아압!"

세찬 기합성까지 내지르면 마치 씨름하듯 담용을 움직여 보려는 두 명의 요원이다.

그렇게 둘은 얼굴이 새빨개지도록 한참 동안 용을 써 댔다.

하지만 결과는 요지부동이었다.

하다못해 발바닥이 미끄러지기라도 해야 하는데, 그런 기미조차 보이지 않는 것에 급기야 두 요원은 담용을 무슨 괴물을 보듯이 하고 있었다.

그런 모습에 더 기운이 빠지는지 두 요원의 호흡이 더 가빠졌다.

"후우, 욱!"

"후욱! 훅!"

두 차례나 있는 힘을 다하다 보니 짧은 시간이긴 했지만 마치 레슬링 1라운드를 끝낸 듯 지친 기색들이다.

"이런, 젠장! 두 명이 한 명을 못 당하고 있단 말이야?"

"과장님, 우리 힘으로는 도저히 안 되겠습니다."

"예, 마치 깊게 박힌 바위 같습니다."

"참 나……."

강시우가 자신도 거들어 보겠다며 양팔을 걷어붙이며 다가왔다.

그때, 담용의 눈에서 찰나간에 정광이 일었다가 사라졌다.

그 순간, 뭔가 '툭' 하는 옅은 소음이 들린다 싶더니 '퍼억!' 하는 소리가 났다.

"어억!"

느닷없이 비명 소리가 들리면서 강시우가 풀썩 쓰러짐과 동시에 바닥으로 와르르 파편이 쏟아지더니 사방으로 흩어졌다.

난데없이 천장에 달렸던 실링 팬이 강시우의 머리로 떨어졌던 것이다.

"앗! 과, 과장님!"

"엇! 저, 저런!"

경악한 두 요원이 득달같이 다가가 강시우의 상태를 살피고 부축하느라 야단법석을 떨었다.

"으으으……."

다행히 실링 팬이 중량감이 없어선지 크게 다치거나 기절하는 사태까지는 아니어서 강시우가 신음을 흘리며 몸을 일으키려고 애를 썼다.

"괘, 괜찮습니까?"

"으으…… 나, 나 좀……."

"예, 제가 부축할 테니 기대십시오."

"김 요원, 빨리 의무실로 모시고 가!"

"아, 알았어."

"제기랄. 시설과는 뭐 하느라 실링 팬이 낡은 것도 몰라?"

김 요원이 강시우를 부축해 나가자 남아 있던 요원이 천장을 살펴보니 고정판의 나사가 삐죽 튀어나와 있는 것이 아닌가?

이는 실링 팬을 고정시키는 너트가 헐거워져 떨어졌다는 것을 의미했다.

"제기랄, 너트가 헐거워질 때까지 조치를 하지 않고 있었다니."

요원의 말대로 실링 팬의 지지대가 부러진 것이 아니라 헐거워진 너트가 원인이었음이 확실해졌다.

담용으로 인한 것이 아님을 두 요원이 확인까지 해 준 셈이었다.

천만다행하게도 휴게실이 그리 크지 않은 관계로 실링 팬 역시 용량이 그리 크지 않았던 덕에 큰 위험을 없던 것이다.

그렇게 담용의 감사를 고집하던 강시우가 뜻밖의 사고(?)를 당해 감사는 유야무야되고 말았다.

Binder
Book

국정원 약발은 부장검사도 어쩔 수 없다

서대문구 경찰청 특수수사과.

올해로 갓 불혹의 나이에 접어든 한민호 총경은 지금 사무실에 끌려온 이후 한시도 쉬지 않고 떠들어 대고 있는 천경자를 굳은 표정으로 쳐다보고 있었다.

"도대체 내가 무슨 죄를 지었다고 강제로 끌고 오는 거야? 육선여, 그년이 내가 자기한테 사기를 쳤다고 했어? 그년 어딨어? 내가 대질시켜 달라고 하잖아? 그 잡년이, 지가 투자해서 망해 놓고 나를 걸고넘어져? 그리고 그 사건은 이미 8년 전에 있었던 일이라 공소시효가 지나도 한참이나 지났다고! 이거 왜 이래! 누굴 그 정도의 법도 모르는 핫바지로 보는 거야 뭐야? 이 쌍년이! 내가 가만히 있을 줄 알아? 죽일

년 같으니!"

부르르르…….

씩씩대며 따발총처럼 와다닥 쏘아붙이던 천경자가 제 성질을 못 이기고 전신을 바르르 떨어 댔다.

"니들! 내가 누군 줄 알아! 내가 전화 한 통만 하면 옷을 줄줄이 벗어야 할걸. 흥! 그러니 알아서 해야 할 거야!"

이제는 수사관들을 협박까지 해 대며 씩씩거렸다.

"우라질 년! 만나기만 해 봐라, 아예 모가지를 비틀어 버릴 거야."

경찰서까지 와서도 기가 죽지 않고 입에 거품까지 물고는 제 할 말을 다 하는 천경자다.

그렇게 천경자는 한동안 천성이 대가 세서인지 아니면 믿는 바가 있어서인지 담당 수사관 앞에서도 전혀 기가 죽지 않았고 오히려 협박을 해 대며 길길이 날뛰었다.

그러나 수사관 중 그 누구도 천경자를 제지한다거나 대거릴 하지 않은 채 가만히 지켜보고만 있었다.

천경자는 아직도 총경이 조서 담당관이라는 것을 생각지도 못하고 있는 눈치였다.

경찰청 특수수사과의 지휘 체계는 치안감인 수사국장의 지휘 아래 경무관급인 수사기획관이 실질적인 지휘를 하고 있었다.

따라서 경무관 바로 아래인 총경은 특수수사과장으로서

일선 지휘관 중 가장 높은 계급이라 할 수 있다.

그런 총경이 앉아 있음에도 천경자는 이를 아는지 모르는지 입에 거품을 물며 악악대고 있는 것이다.

물론 보통은 경찰청의 경우라도 경위 정도의 직급이 조서를 꾸미지만, 오늘은 조금 특별한 날인지 총경이 직접 나섰다.

그렇게 무심한 듯이 앉아 천경자의 하는 꼴을 지켜보고 있는 한민호 총경도 마냥 태연한 마음은 아니었다.

이유는 이근호 경찰청장이 이번 사건에 윗분들의 관심이 지대하니 결코 허투루 다뤄서는 안 된다는 특별 지침을 내렸기 때문이었다.

거기에 덧붙여 한 말이 또 있었다.

-대통령님 외에는 그 어떤 외압에도 굴하지 말고 엄중히 다뤄 주기 바라네. 만약 외압이 들어오면 전부 녹취해서 보고하게.

경찰청장이 그런 지침을 내려왔으니 이 여자, 아니 천경자는 대통령의 아들이라도 건드린 것 같다.

즉, 백수의 왕인 범털의 지인을 상대로 사기, 아니 횡령을 했다고 봐야 했다.

그래서 조금 있으면 떠들 시간도 없을 것 같아 지금 실컷

떠들라고 내버려 두고 있는 것이다.

군정 시절 같았으면 여자고 뭐고 일단 몽둥이 찜질부터 해 놓고 조서를 꾸몄을 터이지만, 지금은 민간 정부가 된 지 7년째라 언감생심이다.

어쨌든 삿대질까지 해 대며 난동을 부리는 천경자로 인해 사무실이 도떼기시장을 방불케 하는 시간이 길어져 갔지만 한민호는 전혀 신경 쓰지 않았다.

단지 자신의 뇌리에 감도는 청장의 지시가 무엇을 의미하는지에 대해 골몰하는 데 심력을 소비하는 것만으로도 바빴다.

윗분의 심중을 알아야만 이번 사건의 만족도를 측정할 수 있다. 즉, 형벌의 경중이 어느 선까지가 적당할 것이냐다.

당연히 법원 판사의 판결에 의할 것이지만, 고작 횡령 사건을 특수수사과에 맡겼다면 검사, 판사 모두 이 사건이 넘겨지기만을 기다리고 있다는 의미다. 그걸 모르면 총경 자격이 없는 것이다.

고민은 깊었지만 결국 결론은 두 가지로 압축됐다.

하나는 고소인이 엄청난 배경을 가지고 있어 피고소인을 엄벌해 주기를 바라는 것이고, 다른 하나는 피고소인의 배경이 만만치 않아 벌을 주고 싶은데 평범한 절차를 밟았다가는 미꾸라지처럼 빠져나갈 것이란 점이다.

그러나 이곳이 경찰청이고 사건의 경중으로 보아 전자에

더 무게 추가 기운다는 결론이라 후자의 경우는 머리에서 지워 버렸다.

더구나 말만 달랐지 재심이나 매한가지 사건이다.

8년 전의 사기 사건이 지금은 이름만 바뀐 횡령 사건이 된 것.

이는 힘 있는 권력자가 사건을 알고 난 후, 분개해서 재심을 청구한 것이나 다름없다는 말과 같다.

털썩!

한민호가 생각에 잠긴 사이 제풀에 지쳐 버린 천경자가 비로소 피고인 자리에 주저앉더니 한민호에게 말했다.

"전화 한 통 하겠어요."

양해를 구하는 것이 아니라 일방통행식의 언사다.

끄덕끄덕.

여전히 거침없이 뱉어 내는 천경자의 말에 한민호는 마뜩잖다는 표정을 지었지만 대답 대신 손을 들어 올리며 하라는 시늉을 했다.

꾹꾹꾹…….

손가락 놀림이 현란하고도 급하게 휴대폰의 번호를 누른 천경자가 신호가 떨어졌는지 대뜸 내뱉었다.

"거기 검찰청이죠? 유기준 부장검사님 좀 바꿔 주세요."

그렇게 내뱉듯 말해 놓고는 잠시 통화대기를 하면서 한민호를 흘깃거리며 오만한 표정을 자아냈다.

"흥! 나를 끌고 온 걸 곧 후회하게 될 거야."

그 말에 한민호가 입을 비쭉이며 양어깨를 으쓱해 보일 때, 뜻밖에도 굵직한 목소리가 들려오는 것이 아닌가?

천경자가 대담하게도 보란 듯이 스피커 장치를 눌렀던 것이다.

—유기준입니다.

"어머어—! 나, 미도 703호예요."

—어이구, 천 여사님, 어쩐 일이십니까?

"어쩐 일이긴요, 그날 잘 들어가셨죠?"

부장검사와의 친분을 과시하려는지 목소리 톤이 유난히 높아지는 천경자다.

—그럼요. 덕분에 좋은 시간을 보냈습니다. 이거 신세를 갚아야 할 텐데…… 어쩌죠?

"선물은 마음에 들어요?"

—하핫, 너무 과분한 걸 주셨더군요.

"호호홋, 돈 좀 썼지요. 부장검사면 그 정도는 돼야 품위를 유지할 수가 있죠."

언제 드센 기질을 보였냐는 듯 천경자는 간드러지는 웃음까지 흘려 냈다.

—아무튼 감사합니다. 잘 쓰도록 하겠습니다.

"호홋, 당연히 그러셔야죠."

—근데 어쩐 일로 전화를 하셨는지요?

"아! 제가 지금 도움이 조금 필요해서요."

-하하핫, 말만 하십시오. 제가 할 수 있는 일이라면 얼마든지 도와 드리지요.

"호호홋, 고마워요. 근데 제가 지금 경찰청에 와 있어서요."

-예? 경찰청요?

"네."

-아니, 왜요?

"이 사람들이 다짜고짜 저를 끌고 와서 당황스러워 죽겠어요."

-강제로 끌고 왔다고요?

"그럼요. 옷을 입을 시간도 안 주고 마구 끌고 오는 거 있죠?"

-허어, 그건 위법인데……. 뭐, 잘못한 거 있습니까? 예를 들면 현행범으로 의심받을 행동 같은 거 말입니다.

현행범은 영장이 없이도 체포나 구금을 할 수 있다.

"부장니임-! 제가 그럴 리가 없잖아요?"

-하핫, 하긴 그렇지요.

"불안해 죽겠어요. 어떻게 좀 안 될까요? 막 무례하게 굴어서 불편해 죽겠어요."

-그래요? 지금 어느 부서에 계시는 겁니까?

"몰라요. 너무 무서워서 조사를 받기 전에 검사님께 전화를 넣은 거예요."

—그럼, 지금 담당자하고 같이 있습니까?

"네."

—바꿔 주십시오.

"그럴게요."

휴대폰을 귀에서 뗀 천경자가 한민호를 한번 째려보고는 내밀었다.

"흥! 받아 봐요."

"그러죠."

여느 때 같았으면 피고인의 배경이 되는 검사, 그것도 중앙지검 부장검사와의 통화를 껄끄러워했겠지만 이미 지침을 받은 바가 있는 한민호로서는 안색 하나 변하지 않고 태연하게 입을 열었다.

물론 스피커 장치가 그대로 켜진 상태였다.

"예, 경찰청 특수수사과장 총경 한민호입니다."

—아! 나, 중앙지검의 유기준 부장검사요.

"안녕하십니까?"

같은 수사기관이지만 검찰과 경찰의 관계는 엄연히 직위의 높고 낮음이 존재했다.

특히 경찰은 영장 청구와 공소 유지 그리고 기소를 독점하고 있는 검찰의 지휘하에 있었기에 하부 기관이라 할 수 있었다.

고로 유기준은 반존대를, 한민호가 존대를 하는 것은 어쩌면 당연한 일인지도 몰랐다. 더구나 직급으로 보아도 부장검사는 2급이었고, 총경은 4급이었다.

하지만 기관의 상하와 직급의 높고 낮음을 떠나 부서가 엄연히 다르니만치 서로 존중하는 관계인 건 맞다.

-근데 방금 특수수사과라고 했소?

"그렇습니다. 여긴 경찰청 특수수사과 사무실입니다."

-허어! 특수수사과라니, 하면 내 지인이 중범죄를 저지른 현행범이라는 것이오?

유기준도 특수수사과의 업무를 대충 알기에 묻는 말이었다.

"영장을 발부받아 체포해 온 겁니다."

-영장?

"예."

"쯧, 그렇다고 옷을 입을 시간도 주지 않고 데리고 올 수는 없지 않소?

"지금 제 앞에서 거품을 물고 있는 천경자 씨는 국내에 아직 런칭도 되지 않은 외국제 명품 옷을 두른 것은 물론, 신고 있는 구두도 예사의 것으로 보이지 않습니다만……."

천경자의 말과는 달리 입을 것 다 입고 신을 것 다 신고 있다는 얘기다.

-크흠, 도주나 증거인멸의 의도도 없는 사람이잖소?

"그 점은 충분히 고려해서 긴급체포 해 온 겁니다."

"한 총경, 내게 그리 뻣뻣해서 좋은 건 없을 텐데…… 말이 너무 직설적인 것 같소.

한민호의 대꾸가 기분을 좋지 않게 했던지 말투가 조금 싸늘해지는 유기준이다.

"검사님, 저는 묻는 말에 대답하고 있을 뿐입니다."

-뭐, 좋소. 도대체 죄가 뭐요?

"그건 말씀드릴 수 없습니다."

-뭐요?

"죄송합니다."

-뭐, 말 못할 사정이 있다고 칩시다. 근데 강남구에 살고 있는 사람을 왜 거기서 연행을 해 간단 말이오? 빨리 관할인 강남경찰서로 넘기시오!

"그럴 수 없습니다."

-아니, 이 작자가?

"더 할 말이 없으면 끊겠습니다."

-이, 이봐요, 한 총경!

"예, 말씀하십시오."

-당신! 지금 우리 검찰과 척을 지겠다는 거요?

"예? 무슨 말씀을 그렇게……. 검사님, 저는 지금 상부의 지침에 따라 수사를 하고 있습니다. 그것이 검찰과 척을 지는 일이라면, 검사님께서 당장 청장님께 전화를 넣어서 따지는 게 빠를 겁니다."

-엉? 청장님의 지시였소?

차관급인 경찰청장이 개입됐다는 말에 유기준도 깜짝 놀란 어투다.

"제가 알고 있기로는 청장님께서도 상부의 지침을 받은 것 같았습니다만……."

-허얼! 그럼, 그 상부가…… 혹시?

"검찰청은 아닙니다. 그랬다면 검사님께서 금세 알 수 있었겠지요. 저는 그보다 더 위인 것으로 알고 있습니다."

"하면! 파란 기와?"

"뭐, 비슷하지 않겠습니까?"

파란 기와라고 언급하지 않는 것은 한민호도 확신할 수 없었기 때문이었다.

-한 총경, 거짓은 아니라 믿소. 만약…….

슬쩍 꼬리를 내리던 유기준이 자존심을 내세우려 할 때, 한민호가 쐐기를 박았다.

"검사님, 외람되지만 제가 충고 하나 해 드리자면, 천경자 씨에게서 손을 떼는 것이 신상에 이로울 거라는 말씀을 드리고 싶습니다."

-흠흠, 아, 알겠소. 내 한 총경의 말을 믿고 손을 떼리다. 근데 이거…… 녹취되고 있소?

"검사님께서 언제 저희 사무실로 전화한 적이 있으십니

까?"

―아아, 그렇지, 신세를 졌소.

'척' 하면 삼척이고, '포' 하면 삼천포다.

한민호가 이 정도로 배려했다면 유기준이 신세를 진 게 맞다.

"검사님, 대신에 천경자 씨에게 검사님에 대한 모욕죄를 추가시켜 주시기 바랍니다."

피고가 지인인 검사를 동원해 수사를 방해하려 한 점이 인정되기에 요구하는 것이다.

그렇게 되면 수사를 방해한 죄로 공무집행방해죄가 추가된다.

이거 제법 골치 아픈 형벌이 부가된다.

운이 좋은 경우에는 검찰에서 약식 벌금형으로 종결될 수 있지만 그렇지 않고 정식으로 기소될 경우, 반성문 제출이나 담당 경찰관의 처벌불원서 등의 자료가 없다면 양형이 늘어난다.

이를 알기에 유기준의 말투에 당황함이 묻어났다.

―엉? 그, 그렇게까지?

"그래 주시면 제 선에서 덮겠습니다."

―아, 알았소. 내 그리하리다.

"팩스로 넣어 주십시오."

―알았소. 수, 수고하시오."

당황함이 역력하게 묻어나는 음성이다.

"옙! 들어가십시오."

"아, 안 돼-! 유 검사님-!"

-이런, 제엔장!

틱.

통화가 마무리됐을 때, 천경자의 입에서 뾰족한 하이톤 목소리가 터져 나왔고, 이를 들은 유기준이 얼른 전화를 끊어버렸다.

모르긴 해도 천경자의 째지는 목소리를 듣자마자 유기준의 얼굴이 코푼 휴지처럼 구겨졌을 것이 빤했다.

한민호가 차분하지만 건조한 어투로 입을 열었다.

"천경자 씨, 시간을 줄 테니 더 전화할 곳이 있다면 하시죠."

한민호의 말투에 여유가 있었다.

"……."

믿었던 유기준이 이리 물러서자 배신감이 들었던지 아무 말도 않고 있는 천경자의 얼굴은 이미 우거지상으로 변해 있었다.

"그럼, 할 것 다 했으면 시작합시다. 그 전에……. 전 경위, 천경자 씨를 체포해 올 때 미란다원칙을 말해 주었나?"

"옛!"

"오케이, 그럼 횡령 사건 말고도 방금 추가된 죄목을 말해 주게."

"옛! 장시간 동안 공무를 방해했으니 공무집행방해죄가 적용되며, 또 경찰서에서 삿대질까지 하며 난동을 부리고도 모자라 협박까지 했으니 공무원협박죄가 성립됩니다."

"흠, 그렇단 말이지. 이것만 해도 형량이 꽤 되겠군."

그 말대로 공무집행방해죄나 공무원협박죄는 5년 이하의 징역 또는 1천만 원 이하의 벌금에 처하도록 형법 136조 1항과 형법 283조에 명시되어 있었다.

"한 가지 더 있습니다."

"뭔가?"

"경찰모욕죄입니다. 그리고……."

"아, 알았네."

전 경위가 말하지 않은 나머지 내용이 바로 괘씸죄임을 모르지 않는 한민호다.

여기서 모욕죄는 특정한 피해자의 사회적 평가를 저해할 만한 저속한 표현을 불특정 다수가 인지할 수 있게 한 경우에 성립된다.

수사관들이 있는 곳에서 모욕을 줬으니 모욕죄가 성립된다 하겠다.

괘씸죄는 원래 법에 없는 항목이나 피고가 제대로 반성하지 않아 판사가 판결할 시에 적용하는 참고성 용어에 속했다.

즉, 만약 1심에서 구형이 벌금 5백만 원이 나왔는데, 2심에서 1천만 원을 구형할 때 바로 괘씸죄가 적용됐다고 보면 된다.

이는 조서를 꾸밀 때도 적용된다.

이를테면 조서 말미에 담당 수사관이 의견을 첨부하는 칸에 지대한 영향을 미치기 때문이다.

고로 피고인으로서는 결코 보탬이 되지 않는 악재인 것이다.

"천경자 씨, 들었지요?"

"……."

부장검사인 유기준의 카드가 먹히지 않아 이미 기가 꺾인 천경자는 눈에 힘을 잔뜩 준 채 입술만 잘근잘근 씹어 대고 있을 뿐이었다.

"여기서 더 이상 난동을 부리면 또 죄가 추가될 수 있으니 조심하시기 바랍니다. 그럼 이제 조서를 꾸며야 하니, 있는 사실 그대로를 진술해 주기 바랍니다. 그 전에 대충 고소장에 적힌 요지를 물어볼 테니 답해 주시죠. 뭐, 대답을 하지 않아도 상관없지만, 묵비권은 본인에게 불리하게 작용할 수도 있음을 아셔야 합니다."

"이보세요, 육선여가 고소한 사기 사건은 이미 공소시효가 지난 거라고요."

"사기 사건? 누가 그래요, 사기 사건이라고?"

“예? 고소인이 육선여라면서요?”

체포될 당시 분명히 들은 이름이라 눈이 휘둥그레진 천경자다.

“고소인이 육선여 씨인 건 맞소. 그런데 이번 고소 건은 고소인이 피고인을 횡령으로 고소한 거외다.”

“회, 횡령이라니! 내가 언제……? 그런 일 없어요!”

“그렇다면 이 통장에서 당신 계좌로 이체한 돈은 어디로 갔지요?”

한민호가 통장을 들어 계좌에 이체된 내용을 천경자에게 보여 주고는 말을 이었다.

“무려 6억 원이오. 천경자 씨가 고소인에게 6억 원에 상당하는 뭔가를 줬다는 증거를 제시한다면, 지금 당장 나가도 되오. 그렇지 못할 때는 형사입건이 될 것이니 그리 아시오.”

“기, 기가 막혀. 그 돈은 이미…….”

“왜? 애초에 존재하지도 않았던 도로가의 좌판 딱지를 줬다고 변명할 거요? 그거라면 포기하시는 게 나을 겁니다.”

“……!”

이미 다 알고 하는 말에 천경자는 일순 벙어리가 된 듯 입만 벙긋벙긋했다.

횡령죄란 타인의 재산을 관리하는 위치에서 그 돈을 횡령하거나 개인적인 용도로 사용하였을 경우 성립되는 범죄로,

형사사건에 속했다.

"과장님, 여기 방금 국세청에서 팩스로 보내온 서류입니다."

"아! 그래?"

전 경위가 건네준 서류를 살펴보던 한민호의 입이 말려 올라갔다.

"호오! 천경자 씨, 국세청에서도 당신을 고소했군요."

"뭐라고요? 구, 국세청에서 날 왜……?"

"의외인 표정이군요. 궁금할 테니 한번 들어 보세요. 고소 내용은 조세 포탈 혐의입니다."

할 말을 다 하면서도 한민호의 어투는 어디까지나 정중했다.

"아, 아니, 그, 그건……."

난데없이 사건들이 한꺼번에 몰아쳐 오는 것에 당황한 천경자는 조금 전의 딱따구리 같았던 모습과 달리 말을 못 하고 버벅거렸다.

아마도 갑자기 들이닥친 사태에 공황 상태로 접어드는 것 같았다.

특수수사과로 들어서자마자 기세등등하던 태도는 이미 우주 밖으로 날아간 지 오래였다.

"조, 조세 포탈이라니……."

허망하게 뇌까리는 천경자의 동공이 벌써부터 풀리고 있

었다.

조세 포탈로 인한 조세범처벌법은 세법, 즉 조세범처벌법 제9조와 제12조의 2항에 의한 조세범칙 행위에 대한 처벌 규정에 근거하고 있었다.

물론 세법을 이해하지 못해 세금을 추징당한 납세자를 구제하기 위한 제도가 있긴 하다.

그러나 세무조사 결과 탈루 금액이 사기 혹은 기타 부정한 행위에 의한 것이라면, 조세범칙조사심의위원회의 심의를 거쳐 검찰에 고발하게 된다.

천경자의 정신 상태가 어찌 됐든 한민호의 말은 계속 이어졌다.

"여기 적혀 있기를, 천경자 씨의 조세 범칙 조사 결과 이중장부, 허위 계약, 증빙서류 허위 작성, 상습적인 부동산 투기 등과 같은 죄로 악의적이고도 고의적인 조세포탈범으로 고발 조치한다고 되어 있네요. 인정합니까?"

"……."

"뭐, 묵비권도 피고인의 권리 중 하나니까요."

"그리고…… 8년 전에는 방배동 연립에서 전세를 살았었지요?"

"……."

"그런데 지금은 부자들만이 사는 대치동 미도아파트에서 살고 있군요. 매매가는 11억 원 정도 나가고요. 거기에 상가가 여섯 채로군요. 자가용은 BMW503이군요. 자금 출처가 어딘지 물어봐도 될까요?"

"……."

"조사를 해 보니 천경자 씨의 재산이 모두 합해서 대략 30억 원 가까이 되더군요. 이건 그동안 부당이득을 본 금액으로 보고 대부분 고소인에게 환수 조치가 될 겁니다. 동의하시지요?"

"……."

"이런 젠장, 그새 까무러쳤군."

한민호의 말대로 천경자는 경험치를 넘는 공황에 앉은 채 기절해 있었다.

"하! 성질이 대단한 여자네요."

"참 나, 아직 시작도 안 했구만. 이봐, 김 경사! 주 경사!"

"네!

한민호의 부름에 두 여경이 잰걸음으로 다가왔다.

"이 여자 당직실로 데려가서 깨어나면 데리고 와."

"알겠습니다."

우우웅.

담용이 진동 모드로 해 놓은 휴대폰의 액정을 보니 심종석이었다.

'어? 벌써 끝냈나?'

클리어가드의 멤버들과 명국성 등을 M시장으로 부랴부랴 파견시킨 게 오늘 아침이었던 것이다.

명국성과 그 패거리들은 인천의 오거리파를 담용이 지시한 그다음 날 재기 불능의 상태로 만들어 놓고는 철수한 바가 있었다.

"어? 벌써 끝냈어?"

—끝내긴, 우리더러 철수하라는데?

"뭐? 철수하라고? 누가?"

—나도 모르지. 내가 따지니까 너를 바꿔 달라는데?

"누구지?"

—난들 알겠냐?

"바꿔 줘 봐."

—알았어.

휴대폰 통화가 잠시 중단되고 무음이 이어지더니 곧 굵은 톤의 음성이 들려왔다.

—육 담당관님이십니까?

"그렇소만…… 누구시죠?"

—아, 전 델타팀장 장성창이라고 합니다.

"이런! 지금 이 대화를 내 친구들이 듣고 있는 거 아니오?"

-그럴 리가요. 멀찍이 떨어져서 통화하는 것이니 안심해도 됩니다.

국정원 요원은 가족과 애인에게까지 비밀로 해야 하는 신분이라 그런 건 기본이었다.

"난 또……. 근데 장 팀장님이 거긴 무슨 일로 가신 거요?"

-아! 듣지 못하신 것 같군요.

"예?"

-차민수 과장님의 지시가 있었습니다.

"차 과장님요?"

-예, 여기 사정을 알아보고 경찰을 동원해 깡패들을 소탕하라는 지시를 받았습니다.

"그, 그래요?"

-옛! 그래서 친구분들이 다칠 수 있어서 철수하라고 한 겁니다.

"아, 알았소. 철수시키도록 하겠소."

담용은 차민수가 무슨 생각으로 요원들을 동원한 건지는 정확히 알 수 없었지만 짐작이 가는 바가 있었기에 순순히 응했다.

클리어가드 멤버들이나 명국성 패거리가 다쳐서 좋을 건 없다.

그러나 다짐받을 게 있어 한마디 하지 않을 수 없었다.

"한 가지 부탁이 있소."

—말씀하십시오.

"차 과장님께 무슨 말을 듣고 가셨는지는 모르지만, 일을 하려면 제대로 해 주시오. 특히 양기출 조합장은 반드시 엮어 넣도록 하십시오. 마음 같아서는 내게 넘겨주면 더 좋겠지만, 그렇게 해서는 법을 무시하는 일이 될 것이니……. 아무튼 잘 부탁하오."

—염려하지 마십시오. 원하시는 대로 될 겁니다.

"고맙소. 친구를 바꿔 주시오."

—옙!

잠시 기다리자 심종석의 볼멘소리가 들려왔다.

—야! 이대로 철수하라고?

"응, 경찰이 동원된다는데 어쩌겠냐?"

—경찰?

"그래, 그러니 철수해. 거기 같이 와 있는 애들에게도 전해."

—젠장, 몸 좀 풀려고 했더니…….

"짜식, 아직도 팔팔하구나."

—인마! 나이 서른도 안 됐어.

"곧 그런 일이 있을 테니 조금만 기다려. 그리고 돈 좀 있으면 방금 그 사람에게 내가 주더라고 하면서 건네줘."

—얼마나?

"팀원들도 있을 테니 한 장은 돼야겠지?"

—백만 원씩이나 누가 들고 다녀? 수표밖에 없는데.

"탈이 없는 돈이라 하고 수표로 줘. 그러면 받을 거야."

—알았다. 근데 이 사람들 누구야?

"수사관들이지 누구겠냐?"

—너…… 이 사람들하고도 관계있어?

"미친놈, 내가 그 사람들하고 뭔 관계가 있겠냐? 고모님 일로 고소한 일이 있어서 그런 거지."

—어째…… 속는 것 같은 기분이지만 믿어 보지.

'헐, 이 자식, 촉이 왜 이리 좋아?'

담용은 속으로 뜨끔했지만 버럭 소리를 질렀다.

"짜샤! 쓸데없는 소리 하지 말고 엮이고 싶지 않으면 빨리 철수하기나 해!"

—아, 알따. 근데 이 자식은 버럭 성질을 여태 안 버리고 있었네.

BINDER
BOOK

그림자 요원

국정원 감사실.

"뭐라? 입원을 해?"

"예, 어제 로비의 휴게실 천장에 달린 실링 팬이 떨어져 강 과장을 덮치는 바람에 많이 다쳤습니다."

사무실로 출근하자마자 강시우를 찾는 오성환 실장에게 도현석 국장이 사고에 관해 보고하고 있었다.

"실링 팬이 떨어졌다고?"

"예. 하필이면 강 과장이 그 밑을 지날 때 떨어져서……."

"허! 실링 팬이 그렇게 낡았었나?"

"시설부에서는 실링 팬이 낡아서가 아니라 천장에 고정시켰던 너트가 헐거워져서 그랬답니다."

"그래? 어디를 얼마나 다쳤나?"

"오른쪽 어깨 부분입니다. 적어도 열흘 이상은 입원 치료를 받아야 할 정도의 부상이랍니다."

"머리가 아닌 게 천만다행이군."

"운이 좋았습니다."

"풋! 운이 좋았다면 애초 그런 불행이 일어나지 말았어야지. 그나저나 곧 신입 사원들이 올 텐데…… 자네가 고생이 많겠어."

"저야 뭐 할 일을 할 뿐인걸요. 괜찮습니다."

"근데 여기도 간이 휴게실이 있는데 로비에 있는 휴게실엔 왜 간 거야?"

"육 담당관이 아직 감사를 받지 않아 수소문해서 찾아간 곳이 로비의 휴게실이었습니다."

"뭐? 바, 방금 누구라고 했나?"

도현석의 말에 뭔가 퍼뜩 감이 왔는지 살짝 당황한 표정으로 변한 오성환이 급히 되물었다.

"육 담당…… 아! 육담용 담당관이라고 했습니다."

"이런! 제길……."

"예?"

"아, 아무것도 아니네."

'이런, 내가 깜빡했군. 근데 이거 혹시…….'

오성환의 뇌리로 번쩍 스치는 것이 있었다.

—오 실장은 초능력자가 존재한다고 믿소?

—글쎄요. 유리겔라 같은 사람이라면 아직도 실제인지 긴가민가하고 있는 중입니다만…….

—우리 세 사람은 백 퍼센트 믿고 있다오.

—하핫, 그렇게 말씀하시니, 세 분이 똑같이 그런 비슷한 현상을 목격했었나 봅니다.

—비슷한 현상을 목격했다라……. 직접 봤다오, 그것도 이곳에서.

—예? 여기서 직접 봤다고요?

—그렇소. 그 사람은 우리 국정원 소속의 요원이라오. 이름은 육담용이고 직책은 5급 담당관이오.

—어? 그 친구라면 우리 강 과장이 감사를 벼르고 있는 사람인데요?

—그 때문에 오 실장을 이리로 부른 거요. 감사에서 제외시키라고 말이오.

—그런 규정이 없다는 건 아시지 않습니까? 감사에는 원장님이시라도 예외가 없다는 것도요.

—쯧. 뭐, 굳이 하겠다면 말리지는 않겠소만, 그 친구를 감사하다가 혹여 무슨 일이 생기더라도 책임을 묻지 않았으면 좋겠소.

—세 분이 그렇게 말씀하시니 좀 이상하군요. 대체 이유가 뭡니까?

—그 친구가 초능력자여서 하는 말이오.

—예? 진짜 초, 초능력자요?

—틀림없소. 5급 정규 직원으로 특채한 것도 그 때문이라오.

—하! 그런 일이…….

—그래서 하는 말인데, 그 친구가 마음이 내켜서 감사를 받으려고 하지 않는 이상, 굳이 재촉해서 할 생각은 하지 않는 게 좋을 게요. 그리고 지금은 그 친구 기분이 저기압이니 찾아가지 않았으면 하오. 그랬다가는 별로 좋은 꼴을 보지 못할 수도 있으니 말이오.

—꼭 사고가 생길 거라고 말씀하시는 것 같습니다.

—하하핫. 아무튼 지금은 그 친구 기분이 별로라 참고하라는 거요.

—초능력자라…… 별로 믿기지는 않지만 세 분의 말씀이시니 안 믿을 수도 없고…… 거참. 아무튼 말씀대로 미루도록 하지요.

—특급 비밀임을 아실 게요.

—예, 그럼요.

차장들과의 대화를 떠올리자 그제야 비로소 뭔가 매치가 되는 것 같은 오성환이다.

'쩝, 우연은 아닌 것 같은데…….'

육담용을 찾아갔을 때 일어난 일이라 꼭 우연만은 아닌 것 같았다. 그래서 혹시 하는 마음에 당시의 사정을 물었다.

"도 국장, 휴게실에서 무슨 일이 있었나?"

"아! 약간의 다툼이 있었다고 합니다."

"다툼이라니?"

"그게…… 육 담당관은 감사를 늦춰 달라고 했고 강 과장은 더 미룰 수 없다며 강제로 끌고 오려고 하는 과정에서 서로 옥신각신한 모양입니다."

'으음, 역시…….'

이제야 확신이 왔다. 만약 정말 초능력자라면 이건 고의적으로 한 짓일 확률이 컸다.

하지만 입 밖에 낼 일이 아니었다.

'아무래도 내가 맡아서 처리해야겠군.'

"그랬군. 좋아, 그 문제는 내가 알아서 하지."

"실장님이 직접 하시겠다고요?"

"그럴 생각이니 강 과장이 출근하면 그렇게 이르고, 더 이상 신경 쓰지 말라고 하게."

"알겠습니다."

다음 날, 국정원 현관으로 들어서는 담용은 기분이 좋은지

전날보다 표정이 한결 나아 보였다.

이유는 차민수에게 천경자가 특수수사과에서 조사를 받고는 곧장 검찰로 송치됐다는 소식을 들은 것이다.

이울러 처분금지가처분 신청도 전격적으로 이루어져 고모의 재산을 되찾을 수 있는 토대가 마련됐고, 또 천경자가 부당이득으로 취한 재산 역시 일정액 정도는 고모의 소유가 될 것이라 했다.

그렇지만 내심을 숨긴 채, 지금은 예의 회의실에 앉아 커피 한 모금을 홀짝이고 있는 중이었다.

회의실에는 전날처럼 세 명의 차장들과 과장들이 함께하고 있었다.

조택상이 커피를 한 모금 마시고 내려놓는 담용에게 말했다.

"아직도 사퇴할 마음에는 변함이 없는가?"

"예, 홀가분한 일반인으로서 평범하게 살고 싶습니다."

"허어, 벌여 놓은 일은 어쩌고?"

"차장님, 포기를 하지 못해서 그렇지 포기하면 깨끗해집니다. 어차피 돈이나 명예에 욕심도 없었으니 미련도 없습니다."

"……!"

어려울 것이 없다는 얘기.

그 말은 맞았다.

외투사들을 상대로 대항마 노릇을 하는 것?

야쿠자들의 돈을 턴 대가로 쫓기고 있는 일?

국정원 블랙요원으로서의 임무?

복사골복지재단의 건축 자금 조달 문제?

블랙요원의 임무만 제외하면 나머지는 누가 시켜서 한 일이 아니다. 자발적으로 한 일이지.

그러니 전부 포기하고 털어 버리면 신경 쓸 일도 못 된다.

블랙요원의 임무는 사퇴를 하면 그만인 것이다.

담용은 '저 혼자 나라를 지키는 게 아니지 않느냐?'라고 말하고 싶었지만 그렇게는 차마 하지 못했다.

이를 알기에 조택상도 일시 말을 못 하고 미간에 선만 그을 뿐이었다.

"거참, 무엇이 자네에게 그런 마음이 들게 했는지 감이 안 잡히는구만."

"뭐, 고모님의 일이 원인이 된 거긴 하지만, 생각해 보니 꼭 그렇지만도 않았습니다. 뭐랄까, 제 마음속 어딘가에 그 어디에도 얽매이지 않고 내키는 대로 살아가고 싶은 유전자가 있었다고나 할까, 그런……."

"……?"

"이번 고모님의 일도 그렇습니다. 마음 같아서는 천경자는 물론 M시장파고 뭐고 전부 뒤집어엎어 버리고 싶었습니다. 아시잖습니까, 흔적 하나 남기지 않고 해낼 수 있다는 거요. 그런데 공무원이란 신분이 발목을 잡더란 말입니다. 나 하나로 인해 선량한 공무원 전체가 구설수에 오를 수도 있다는 생각에 전…… 아무것도 할 수 없었지요. 소용없는 일인지는 모르겠지만, 저는 지금 후회를 많이 하고 있습니다."

"후회라니? 어떤……?"

"3차장님의 일을 도와준 거요."

한남동 안가에서 고정간첩의 색출과 CIA의 도청 장치를 발견한 일을 두고 말함이다.

그것이 원인이 되어 국가를 위한다는 마음에 선뜻 응했던 것 자체가 경솔했다는 생각이 들었다.

"그러지 않았으면 지금쯤 저는 국정원, 아니 대한민국의 수사관들 모르게 마음껏 거리를 활보하고 있을지도 모르죠. 물론 법에 어긋나는 일을 할지도 모릅니다. 하지만 저 자신의 성정으로 보면 아마 법이 해결해 주지 못하는 일을 음지에서 해결하고 있었을 것으로 자신합니다. 세상에는 억울한 일을 당하고도 권력과 금력에 눌려 하소연 한번 못해 보고 숨죽이며 살아가는 사람들이 많으니까요. 그러니 저를 그냥 놔주셨으면 합니다."

"헐, 혼자서 홍길동이나 일지매 같은 역할을 하겠다는 건가?"

"그런 소설 같은 영웅심 따위는 없습니다. 제가 알지도 못하는 일에까지 나댈 만큼 오지랖이 넓은 것도 아니고요. 이렇게까지 말씀드리는 건 세 분을 존경하고 또 사퇴라는 정식 절차를 밟고 싶어서이지 다른 뭔가를 더 내놓으라는 의도는 추호도 없습니다. 다만 여기서 제가 더 말씀드리고자 하는 것은, 국가에서 필요로 하고 또 제가 할 수 있는 일이라면 도와 드리기는 하겠다는 겁니다. 저도 대한민국 국민이니까요."

말인즉 프리랜서로 일하고 싶다는 뜻이다.

그 역시도 어투로 보아 썩 내키는 것 같지가 않았다. 다시 말해 나도 일부 양보할 테니 구속하지 말고 그만 놓아 달란 뜻이다.

그리고 이런 담용의 심중을 모를 차장들과 과장들도 아니었다.

'이건 생각했던 것보다 심각한걸.'

병으로 치면 중증이었다.

대한민국은 개인의 권리를 존중하고, 법에 저촉되지 않는 이상 간섭하고 강제할 아무런 법적 근거가 없는 나라다.

본인이 싫다는데야 국가에서 강제할 이유도 권한도 없는 것이다.

하지만 초능력자만큼은 무슨 수를 써서라도 국가라는 울타리 안에 가둬 둘 필요가 있었다. 임무 수행 능력도 능력이었지만 비용이 엄청나게 절감된다는 것 또한 매력 중에 하나이기 때문이다.

다시 말해 초능력자는 '가성비'가 좋다.

이를테면 A라는 작전을 수행할 때 들어가는 비용이 10억 원이라면, 초능력자의 경우 고작 1억 원만 소비해도 차고 넘친다는 말이다.

게다가 10억 원을 들이고도 임무 완수가 불투명할 수 있지만 1억 원을 들인 초능력자는 성공할 확률이 수십 배나 높다.

이런 화수분 같은 존재를 놓쳐?

말도 안 된다.

그래서 고민에 고민을 하는 것이다.

이외에도 이점이 무궁무진했기에 담용이 원하는 것을 다 들어주고라도 붙잡아야 했다.

근데 그게 영 쉽지가 않았다.

'거참…….'

더 물어봐야 감정만 상할 뿐 득이 될 것 같지 않다고 여긴 조택상이 몇 번 헛기침을 하고는 본론에 들어갔다.

"크흠흠, 육 담당관, 자네 말은 잘 들었네. 그래서 우리도 어제 하루 동안 그 일로 심도 있게 의견을 나누었다네."

"……?"

"심지어 원장님과 김 차장이 대통령님과 면담을 하면서까지 말일세."

"예? 제 일로 대, 대통령님을 만나셨다고요?"

대통령이라는 말에 담용이 경악했다.

대통령이라니!

자신의 인생에 있어 대통령이란 신분은 멀고도 먼 차원 너머에 존재하는 사람이었으니 당연한 반응이었다.

아니, 얼마 전만 해도 국정원 차장은 물론 직원들까지도 그랬다.

그런데 자신의 거취를 두고 의견을 나눴다고 하니, 그 격차만큼 격세지감이 들었다.

더불어 자신이 괜한 치기를 부린 것이 아닌가 하는 마음마저 들었다.

'이거, 경솔했나?'

하지만 생각은 잠시, 이런 모두가 자신의 인생을 대신 살아 주지 않는다고 여기면 답은 간단했다.

'그래, 내 인생이다.'

다시 마음을 다잡은 담용이 경악했던 마음을 진정시키고 최형만의 다음 말을 기다렸다.

"그렇다네. 이는 자네가 국가가 꼭 필요로 하는 인재이기 때문이네."

하긴 쓸모없는 사람을 위해 이들이 대통령까지 만나 의견을 나눌 필요는 없을 것이다.

더욱이 그 어느 기관보다도 냉정하다면 냉정한 국정원에서 말이다.

"그 말씀은 결국 제가 초능력을 지니고 있다는 것을 밝혔다는 뜻이군요."

"그러지 않으면 자네를 붙잡아야 할 명분을 득하기가 어려운데 어떡하나?"

"물론 국가의 수반이시고 고위직에 계신 분이라고는 하나, 여러 사람이 알아서 좋을 일이 없을 텐데요."

붙박이가 아닌 제한된 임기 내의 사람들이라 하는 소리다.

"우리도 그걸 알기에 결정할 때까지 여간 조심스럽지 않았다네. 하지만 어쩌겠는가, 이미 벌어진 일이니 폐일언하고 말하겠네."

"……?"

"자네 OP라고 아는가?"

"OP? 모릅니다."

"혹시 쒸리라는 영화를 봤는가?"

"보지 못했습니다."

"아쉽군. 기회가 되면 보게. 뭐, 작가가 알고 쓴 건지는 모르지만…… 설정이야 자유니까. 본다고 도움이 될 것은 없겠지만…… 참고는 되겠지."

"기회가 닿으면 보도록 하지요."

"후훗, OP란 특수 요원들 중에 그림자 요원을 말함일세."

"그림자 요원…… 역시 처음 듣는 이름입니다. 그게 뭡니까?"

"이전에는 존재했네만 현 정부가 들어서자마자 대통령께서 폐지하신 부서일세. 워낙 노이로제가 걸릴 정도로 피해를 당했다 보니 가장 먼저 없애 버렸지."

'쩝, 어째 더 큰 족쇄를 채우려는 것 같네.'

직감이 그렇게 말하고 있었다.

그림자 요원.

이름만 들어도 어딘가 불법적이고 은밀한 일을 하는 뉘앙스가 짙게 풍겨 와 마음에 들지 않았다.

신비를 가장한 어둠의 해결사 같은 색깔이 짙어서다.

내심의 생각은 그랬지만 마음에 짚이는 것을 물었다.

"하면 다시 부활시킨 것입니까?"

"어제 찍은 캠코더 영상을 보시더니 어쩔 수 없이 승낙하시더군. 단, 무슨 임무를 맡든 대통령님의 재가를 받은 후에 수행하라는 전제 조건이 붙었네."

"제가 원하지 않는다면요?"

"아아, 더 들어 보고 대답해도 늦지 않네."

"예, 말씀하십시오."

"직책은 건설교통부에 그대로 두고 직급 역시 5급 공무원일세. 그리고 여태까지 제때 출근하지도 않았지만 앞으로는 출근 자체를 신경 쓸 필요가 없네."

"하핫, 제게 놀고먹으면서 월급을 받으라면 사양입니다. 물론 그럴 리야 없겠지만, 그림자 요원이란 용어 자체가 너무 음침한 느낌이고 또 뭔가 구린 일을 도맡아 해야 하는 것 같아서 내키지가 않습니다."

"그런 일은 없네. 뭐, 지난날에야 더러 그런 임무를 하기도 했었지만, 같은 요원이라도 이번엔 임무가 180도 다르네."

"……?"

"자네는 그냥 자신의 일을 하고 있으면 되네. 그러다가 혹시라도 불합리한 일을 보고 정의를 실천할 생각이 있으면, 그것도 마음대로 행동하게."

"……예?"

무슨 그런 공무원이 다 있나 싶어서 담용의 표정이 조금 기괴하게 변했다.

자신이 원하던 것이긴 했지만 뭔가 독이 든 사탕을 받아먹는 것만 같아 살짝 불안하기까지 했다.

"거기에는 그만한 조건이 있겠군요."

"없네."

"예?"

지극히 짤막한 대답에 오히려 담용이 놀랐다.

"뭐, 공무원이니 임무가 주어지면 수행해야겠지. 그건 기본이지 않나? 그 일 말고는 없네. 아! 코드명도 그대로네. 어때? 이만하면 받아들여도 되지 않겠나?"

"너무…… 파격적이라 더 불안합니다."

"하하핫, 불안해할 것 없네. 모든 게 내가 말한 사실 그대로이고, 또 자네가 원하는 대로 자리를 마련해 준 것뿐이니까."

그렇게라도 자신을 붙잡아야 한다는 말을 에둘러 하는 말임을 모르지 않았지만, 오히려 담용은 이게 뭔 일인가 싶어 말문이 막혔다.

그때 최형만이 나섰다.

"조 차장, 말 중에 빠진 게 있네."

"어? 그런가? 그럼 나머지는 최 차장이 말해 주게."

"그러지. 뭐, 별건 아니고……."

"……?"

"육 담당관이 불미스러운 일을 목격하고 일을 처리할 때 증거를 남기는 일은 없겠지만, 만에 하나 곤경에 처하는 일이 발생한다면 단축 번호 00번을 누르게. 그리고 검사든 경찰이든 수사 담당자를 차 과장과 통화하게 해 주면 돼. 그럼 무마가 될 것이네."

"제가 영웅 심리에 찌든 사이코나 철부지도 아닌데 일부러 그렇게 할 일이 있겠습니까? 설사 있다손 치더라도 사회에 지탄을 받을 만한 일에 관여할 것이고, 또 그 일은 대한민국 국민이라면 누구나 공감할 게 분명합니다. 당연히 증거를 남기는 일도 없을 거고요. 그러니 그림자 요원이라는 명칭은 필요 없을 것 같습니다."

"그건 그렇지가 않네. 이미 전 정권까지 존재해 왔던 요원이라, 각 부처의 수장이라면 모두들 짐작하고 있는 일이네. 더구나 원래 있었던 부서라 거기에 대해 딴죽을 거는 사람이나 부서도 없네. 중요한 것은 불행히도 그 일이 사회적 이슈가 되고 그것이 일파만파로 번져 사회에 혼란을 가져오지 않기 위해 각 부처의 수장들이 사전에 미리 단속할 필요가 있다는 얘길세."

"아아, 매스컴에서 떠들 것에 대비하는 거군요."

담용은 단박에 알아차렸다.

"그렇지."

담용의 능력에 비하면 어려울 것도 없는 얘기였다.

"알겠습니다. 하면 이게 끝입니까?"

담용도 그렇다는데야 더 이상 불만이 있을 수 없어 또 무엇이 있나 싶어 물었다.

"하핫, 그럴 리가 있겠나?"

"그럼……?"

"대통령께서 조건을 내거신 게 있다네. 그걸 통과해야 비로소 그림자 요원이 되네."

'쩝, 조금 전에 임무 수행을 할 때 내락을 받아야 한다고 해 놓고 조건이 또 있다고?'

담용의 생각을 읽었는지 최형만이 재빨리 말을 이었다.

"말하는 순서가 뒤바뀌긴 했지만, 지금 말한 조건을 충족

시켜야 하는 건 사실이네."

"흠, 갑자가 뭔지 궁금해지는군요."

"자네 올해 탈북자가 몇 명이나 우리나라에 와 있는지 알고 있나?"

'별안간에 탈북자는 왜 거론하는 거지? 아! 최형만 차장님이 대공 담당이니 당연한가?'

"탈북자라면 신경을 쓴 일이 없어서 모릅니다."

"어제까지 꼭 3백 명을 채웠다네."

"예? 그, 그렇게 많습니까?"

매스컴을 통해 가끔 탈북자 얘기를 전해 듣기는 했지만 어쩌다 한두 번이지 수백 명씩이나 될 줄이야.

기억의 저편에서도 탈북자에 관해서는 신경을 쓰지 않았던 터라 전혀 아는 것이 없는 담용이었으니 놀랄 만한 새로운 사실이었다.

"시간이 갈수록 많아지고 있는 형편일세."

"아! 몰랐습니다. 하면 거기에 제가 할 일이 있습니까?"

"그러네. 사실 탈북자로 인해 여간 골머리가 아픈 것이 아니라네. 하지만 내색을 할 수는 없네."

기실 그럴 만도 한 것이 외교 라인에서부터 입국을 도우는 것을 시작으로 재워 주고, 입혀 주고, 교육시키고, 정착 자금을 지원하고, 먹고살 방편을 마련해 줘야 하는 등 비용이 적지 않게 소비되고 있다. 그러니 IMF 상황인 대한민국으로서는 여간 부담스러운 것이 아닌 셈이다.

그렇지만 북한이 싫어 남한으로 탈출해 자유롭게 살아가고 싶다는데 같은 민족이라는 것을 떠나서도 거절하거나 만류할 수가 없다.

국민들도 속속들이 알지 못할 뿐 대충이나마 알고 있는 실정이다.

"뭐, 탈북자에 대한 여타의 일들은 다 차치하세. 요는 우리도 쉽게 해결하지 못하는 일이 있다는 걸세. 아니, 억지로 무리를 하다 보니 매스컴 등에 인격 모독 같은 지탄을 받는 일이 종종 있을 정도지. 뭐, 그건 어차피 우리가 총대를 메야 하는 몫이니 넘어가자고. 자네에게 부탁할 것은 탈북자들 중에서 고정간첩을 가려내는 일이라네."

"아!"

그 과정에서 본의든 고의든 탈북자들에게 좋지 않은 일이 일어난다는 얘기임을 알았다.

예를 들면 국정원 간첩 증거 조작 사건 같은 것이다.

"그게 제가 할 일이로군요."

여기서부터 자신이 해야 할 임무라고 여긴 담용이 귀를 기울이며 최형만을 직시했다.

"맞네. 북한에는 보위사령부나 국가안전보위부 그리고 인민보안부라는 3대 정보, 사찰 기관이 있네. 우리로 치면 국군기무사령부와 국정원, 경찰청에 해당하지. 놈들은 그런 기관들을 통해 공작원을 탈북자들 중에 섞어서 내려보내고 있네. 우린 이런 사실을 알고 있으면서도 가려내기가 참 지난하다네."

"아! 조금 이해할 것 같습니다."

담용은 그럴 가능성이 충분하다는 것에 나지막이 탄성을 자아내며 고개를 끄덕였다.

한마디로 세 기관에서 남으로 공작원들을 직파했음이 분명함에도 가려내기가 쉽지 않다는 얘기다.

가려내지 못하면 고정간첩이 되어 대한민국의 질서를 어지럽히는 것은 물론 요인 암살과 유사시 유언비어를 퍼뜨림과 동시에 폭동을 일으키는 등의 일이 벌어질 수 있다.

한마디로 혼란이다. 북한의 남침을 생각하면 내부에서부터 먼저 무너질 수 있다는 얘기.

이를 가려내는 일만으로도 담용의 가치는 차고도 넘친다 하겠다.

다른 일도 아닌 남파 간첩을 골라내는 일이니 꼭 국정원 요원이 아니더라도 해야만 할 일이었다.

"가능하겠나?"

가능성의 여부를 물어보는 이유는 담용의 초능력이 물리력이나 감각을 갖춘 것은 알지만 이건 정신적인 문제라 차원이 달랐기 때문이었다.

국정원에서도 탈북자로 가장한 남파 간첩임을 인지하면서

도 본의 아니게 물리력을 행사할 수밖에 없었던 이유가 여기에 있었다.

심증은 가는데 딱히 제시할 증거가 없는, 즉 순순히 '나, 남파 간첩이오.'라고 실토하지 않는 한은 결국 받아들여야 했다.

담용도 굳이 그런 사실을 말해 주지 않더라도 짐작은 했다.

생각이 깊어지는 담용의 뇌리로 정신계 계통으로 가능한 염력의 수법들이 주르륵 나열됐다.

먼저 기본이 되는 염력인 이티머시(친밀감), 얼러링 페이스(매혹적인 얼굴)로 분위기를 맞춰야 했다.

다음이 사이코맨시psychomancy(정신감응)로, 여기에는 사이코메트리(기억 재생 능력)와 마인드 리딩mind reading(독심술) 그리고 브레인워싱brainwashing(세뇌), 오토-서제션auto-suggestion(자기암시) 등이 있다.

마지막 결정타는 마인드 컨트롤러가 되어 상대의 정신을 지배하는 것이다.

이는 담용의 뇌파로 상대방 또는 다수의 뇌파를 조종하여 자신이 원하는 대로 마음을 움직이게 하는 정신계 수법이었다.

뭐, 이것으로도 안 되어도 강제할 수단은 많고도 많았다.

이를테면 물리력을 갖춘 생각의 힘이라는 사이코키니시스

가 있었고, 인위적 사이킥 패닉(극심한 공포)과 어시멀레이트(동화) 같은 사이킥 파워다.

'문제는 그걸 3백 명에게 모두 시전해야 한다는 것인데…….'

이건 담용이 지닌 차크라를 전부 동원해서 시전한다고 해도 어려운 일이었다.

상식적으로도 인간의 생각과 마음을 강제로 끄집어내 읽는다는 것은 결코 쉽지 않은 일이었다.

아니, 불가능할지도 모른다.

정신감응만을 전문적으로 특화시킨 초능력자라면 또 모를까.

하지만 극히 드물거나 존재하지 않기에 정보기관에서는 자백에 사용하는 약제를 개발해서 사용하는 것이다.

인간을 심리적으로 약화시켜서 지니고 있는 비밀을 토설하게 하는 역할을 하는 약제가 자백제인데, 그리 선호하는 것도 아니었다.

자백제는 일종의 마약이다.

그렇기에 비밀을 발설하기 전에 정신이 망가진다거나 생명의 위험을 초래할 수도 있다.

더구나 정신이 몽롱한 상태에서 현실과 환상을 구분하지 못하니 자백이 충분한 도움이 된다고 할 수도 없었다. 즉, 사람만 망가뜨리는 폐품에 불과해 사장된 지 오래였다.

결국 대안은 정신감응 계통에 특화된 초능력자다.

'쯧, 결국 피할 수 없다는 얘긴데…….'

그렇다면 답은 하나다. 피할 수 없다면 차라리 껴안아서 녹이면 되는 것.

결심을 한 담용이 말했다.

"시간이 촉박한 일입니까?"

"그 말이 맞네. 할 수 있는가?"

"백 퍼센트를 원하신다면 자신할 수가 없습니다."

"흠, 가능하다는 얘기로 들어도 되겠는가?"

"어디까지나 가능성이 있다는 얘깁니다. 정신 계통은 고난도의 수법이란 점도 그렇지만, 제가 누굴 상대로 해 본 적이 없어서 실험적 성격이 강할 겁니다."

물론 참새나 설치류 같은 동물을 상대로 시험한 적은 있었지만 그것이 전부여서 말하기가 조심스러운 담용이었다.

"하면 확률은?"

"확신하기는 어렵지만 대략 80퍼센트 정도입니다."

"그래? 저, 정말인가?"

말인즉 담용도 실수할 수 있다는 뜻이나 마찬가지였지만 그게 어딘가?

담용의 말을 들은 최형만과 차장, 과장 들은 반색하는 기색이 역력했다.

특히 탈북자들과 직접 접촉하고 있는 당사자인 조재춘의

입은 파리가 들락거릴 정도로 쩍 벌어져 있었다.

"하하핫, 역시 대통령께서 선경지명이 있으셨던 것 같군."

고무된 기분이긴 마찬가지인 김덕모가 오랜만에 입을 열었다.

"최 차장, 꾸물거릴 것 없이 당장 시행해 보는 게 어떤가?"

"그래야지. 조 과장."

"옛!"

"그곳에 연락하게, 곧 갈 테니 준비하라고."

"알겠습니다."

BINDER
BOOK

중앙합동신문센터

모처에 소재한 국정원 안가.

국정원에서 비밀리에 운영하고 있는 수용 시설로 까만 승합차 한 대가 도착하자 일단의 인물들이 내렸다.

그 면면들은 역시 담용을 비롯한 차장들과 과장들이었다.

대북 파트 담당인 최형만과 조재춘이야 당연히 와야 하는 업무 중 하나였지만, 김덕모를 비롯한 나머지 인원들까지 함께 온 것은 모두가 담용의 정신 계통의 초능력이 궁금했기 때문이다.

승합차에서 내린 담용은 여느 안가처럼 그리 밝은 분위기가 아닌 건물을 둘러보며 조재춘이 동행하면서 알려 준 말을 다시 한 번 상기했다.

—육 담당관, 지금 가는 곳은 우리가 주관하고 있는 중앙합동신문센터네.

—거긴 뭐 하는 곳입니까?

—북한 이탈 주민들을 수용하는 시설이지. 줄여서 합신센터라고 하는데, 국내 최고 보안 등급인 '국가 보안 목표 시설 가급'으로 분류되어 있는 장소라네.

—아, 예.

—말하자면 북한이나 제3국을 거친 탈북자가 입국하자마자 반드시 거쳐야 하는 곳으로, 정확한 신원과 행적은 물론 대북 첩보와 간첩 혐의 등에 대한 1차 조사가 이뤄지는 장소이기도 하다네.

—제3국이라면 중국입니까?

—대부분은 그렇지. 주로 함경북도나 양강도 등지에 거주하는 자들로, 중국 접경 지역 출신들이 많다네. 현재는 이미 말했지만 탈북자 3백여 명 정도가 머물고 있고, 센터 입소자 중 70퍼센트 정도가 여성이네.

'3백 명이라…….'

정신 계통의 초능력은 심력의 소모가 이만저만이 아니다.

초능력은 결코 대가 없이 이루어지는 법이 없다. 철저하게 주고받는 등가 법칙이 적용되기 때문이다.

이는 초능력자마다 각기 그만의 특화된 능력을 발현시킨 횟수만큼의 대가를 지불해야 한다는 뜻이다.

예를 들어 무리한 초능력 사용으로 인해 노화가 촉진되거나 지닌 능력이 차츰 감소 혹은 퇴화되는 현상이 일어날 수도 있다.

물론 담용도 예외는 아니지만 여느 초능력자들보다 월등한 점이 있다는 것이 달랐다.

이유는 두쉬얀단이 150년 동안 공들여 쌓은 차크라의 정화가 담용의 몸에 똬리를 틀고 있기 때문이다.

고로 능력치 또한 차원이 다를 수밖에 없다.

그래서 담용 일개인 감당하기에는 많은 숫자였지만 두쉬얀단의 차크라를 믿기에 일단 부딪혀 보기로 한 것이다.

"어서 오십시오, 차장님."

현관에서 차장들에게 두루뭉술하게 인사를 하며 맞이하는 이는 과장급인 최우십 팀장이었다.

"수고가 많으이. 준비는?"

"음악 감상실까지 완벽하게 해 놓았습니다."

"갑자기 준비하느라 애썼겠군. 빠진 사람이 있어서는 안 되네."

"현재 열외가 된 사람은 없습니다. 곧 하나원에 입소할 시기라 마음들이 들떠 있으니까요."

"그렇겠군."

최형만은 직접 대면하지 않아도 탈북자들의 마음이 전해지는 것 같았다.

그도 그럴 것이 합신센터는 말 그대로 신문이 이뤄지는 곳이라 탈북자들은 말 한마디, 한마디 행동 하나하나가 조심스러울 수밖에 없었다.

합신센터는 제약 또한 한두 가지가 아닌 곳이다.

반면 하나원은 합신센터에 비해 천국이나 다름없는 곳이었다.

말하자면 하나원, 즉 탈북자 정착 지원 시설인 북한이탈주민정착지원사무소에 입소해 3개월이란 소정의 사회 적응 교육과정을 받게 거치게 되면, 이후 정부의 규정에 따라 일정 금액의 정착 지원금을 제공받는다. 또 그와 동시에 자유의 몸이 되니 자연 마음이 설레는 것이다.

더불어 하나원을 퇴소한 탈북자들은 자신이 희망하는 거주지에서 누구의 눈치도 보지 않고 살아갈 수 있다.

단, 거주지 관할의 경찰관을 신변 보호 담당관으로 둬야 하고, 또 거주지 보호 담당관 등의 보호와 지원을 받으면서 정착 생활을 시작해야 하는 것이 조건이었다.

"안내하게."

"옛!"

양강도 혜산시市 출신의 탈북 여성인 스물일곱 살의 명현정은 점심식사를 끝내고 휴식을 취한 후, 최종 면담이 있다는 말에 같은 처지의 동료들과 함께 강당에 모였다.

모두들 마음이 한결 가벼워졌음인지 강당의 분위기는 여느 때보다 밝았다.

'아! 이제 곧 자유의 몸이다.'

명현정의 내심이 외치는 소리였다.

그녀는 오늘 아침 여느 때와는 다르게 마음이 더 싱숭생숭했고 심장의 박동 소리가 다 들릴 정도로 쿵쾅거렸다.

그럴 것이 오늘이 합신센터에서 지내는 기간이 만료되는 5일째가 되는 날이기 때문이다.

고로 오늘 하루만 무사히 지내게 되면 하나원에 입소하게 되니 마음이 날아갈 것처럼 기분이 좋았다.

'아아, 어서 빨리 오늘이 지나갔으면…….'

그 생각에 그동안 다방면의 신문으로 인해 음으로 양으로 주눅이 들어 있었던 것도 심신이 지쳤던 것도 모두 엷어졌다.

이제 마지막 관문인 최종 면담만이 남아 있었기에 그런 마음은 더했다.

그리고 지난 5일 동안 늘 그래 왔듯 이번 최종 면담도 명현정이 첫 번째 순서였다. 맨 앞자리 우측에 앉은 것도 그 때문이었다.

이제 자신의 이름을 호명하면 면담실로 들어가 묻는 말에 답하면 오늘의 일과도 끝이었다.

하지만 마지막까지 긴장이 안 될 수는 없었기에 표정은 굳을 수밖에 없었다. 딱히 주의 사항도 없는 오늘이었지만 설레는 가운데 묘하게 긴장이 됐던 것이다.

명현정이 그렇게 설레는 마음과 긴장으로 두 손을 가지런히 모으고 앉아 있을 때, 그녀의 이름이 호명됐다.

"1번, 명현정 씨!"

"네!"

"들어가세요."

여성 안내 요원이 문을 열어 주자, 명현정은 자세를 바로하고 조심스러운 걸음으로 들어갔다.

"어서 오세요."

"……!"

이전의 다소 사무적이고 딱딱하던 목소리와는 다르게 무척 푸근하게 느껴지는 남성의 말투에 명현정이 눈을 동그랗게 떴다.

동그래진 눈동자에 비친 것은 포근하고 멋진 남성의 모습이 아니라 검은 칸막이였다.

하지만 명현정은 얼굴을 보지 못하는 대신 그 목소리만으로도 심신이 이완되면서 기분이 한결 좋아짐을 느꼈다.

바로 이티머시 수법에 현혹된 것이었지만, 그녀는 본능적으로 퍼뜩 정신을 수습했다. 어쩌면 가장 중요한 순간일지도 모른다는 생각이 들었던 것이지만, 목소리의 첫인상은 내내 가슴에 남을 것 같았다.

"아, 네. 고, 고맙습네…… 습니다."

절로 양강도 사투리가 튀어나오는 것을 얼른 숨기고 그동안 밤을 낮 삼아 맹렬히 연습했던 서울 말씨, 즉 표준어로 마무리했다.

말투는 같은 처지의 동료들도 명현정과 다르지 않아 지난 5일 동안 서로 표준어를 익히는 것은 중요한 일과 중 하나였다.

첫째는 탈북자들의 운명을 좌우하고 있는 국정원 관계자들에게 잘 보이기 위한 노력이었고, 둘째는 남한에서 살아가려면 필히 익혀야 하는 과제 중 하나이기 때문이었다.

하지만 억양은 당장에 어찌할 수 있는 것이 아니어서 많이 어색했다.

"마음을 편하게 하시고 의자에 앉으시지요."

"……네."

여전히 심신을 울렁거리게 하는 말투에 명현정은 심장이 박동하는 소리가 들릴까 싶어 애써 다독거리기에 바빴다.

명현정이 마련된 의자에 앉자 예의 젊은 목소리의 주인공이 말했다.

"지난 5일 동안 앞날이 어찌 될까 하는 생각에 마음이 많이 불안하고 잠도 잘 못 주무셨죠?"

"아, 아니오. 그런 일은 없었시……습니다."

"하하핫, 그랬군요. 관계자들이 잘해 주시던가요?"

"네! 선생님들이 항상 잘해 주십……니다."

같은 또래로 여겨지는 면접관의 음성에 몸과 마음은 불편하지 않았지만 연습한 대로 말투가 나오지 않는 명현정이 자꾸 더듬거렸다.

여기서 선생님이란 국정원 조사관들을 말했다.

"말투를 억지로 바꾸지 않아도 되니 편하게 하세요. 앞으로 사회에 나가 사람들과 부대끼다 보면 자연히 고쳐질 테니까요."

"네. 고. 맙. 습. 니. 다."

이제는 실수를 줄이려고 말투가 따박따박이다.

"제게 딱 1분만 할애해 주시면 되니 협조해 주시겠어요?"

'아-!'

비록 모습은 가려져 있었지만 그것을 대신하고 남을, 너무도 친절한 말투에 명현정은 정신이 다 오락가락했지만 절대 나쁜 기분이 아님을 절절히 느꼈다.

전염이 됐는지 입에서 나오는 목소리가 힘찼다.

"네!"

모두가 이터머시 효과에 의한 것이었지만 명현정이 알 리 없었다.

"하핫, 한 가지 물을게요. 혹시 조사관들로부터 폭행이나 가혹 행위 같은 것을 당하지는 않았나요?"

"그런 거 없. 었. 습. 니. 다. 정. 말. 입. 니. 다."

"그러시군요. 우선 마음을 차분하게 가지시시기 바라요."

"네."

"이제 마음이 진정됐나요?"

"네."

"그럼 책상에 놓인 고무줄을 머리에 두른 후 가만히 눈을 감도록 하세요."

"……?"

명현정은 의아한 표정을 지었다. 신문하는 방법이 합신센터에 와서 처음대하는 것이었기 때문이었다.

그녀가 여태 경험한 것은 같은 질문이 계속되면 같은 대답을 반복해서 하는 것이 다였다. 마치 실수를 유발해 트집을 잡으려는 것처럼 말이다.

그런데 지금은 그와 정반대여서 오히려 어떻게 받아들여야 할지 몰라 당황스러웠다.

이상했지만 현재 그녀의 처지가 처지인지라 의혹을 제기하기보다 그저 시키는 대로 링으로 된 고무줄을 잡아야 했다.

그러다 고무줄이 칸막이 너머까지 연결되어 있음을 그제야 알았다.

고무줄을 머리에 두르자 우측 두부로 불룩 튀어나온 돌기가 표피를 짓누르는 느낌이 전해졌지만 명현정은 그러려니 했다.

이 장치 역시 인간의 우뇌가 자아와 이성을 지배하는 데 아주 중요한 역할을 하고 있기에 마련된 것임을 명현정이 알 턱이 없었다.

어쨌든 명현정이 고무줄을 머리에 두르고 잠시 지났을까, 현기증이 조금 인다 싶을 때 예의 친절한 음성이 들려왔다.

"예, 이제 고무줄을 푸셔도 됩니다."

"아, 네."

"수고하셨습니다. 앞으로 좋은 일만 있기를 바랍니다."

"고맙습네다."

역시 오랜 습관은 어쩔 수 없는지 양강도 사투리가 저도 모르게 튀어나오는 명현정이었지만 그녀는 그조차 깨닫지 못했다.

"나가셔도 좋습니다."

담용의 말에 이제 홀가분해졌다는 표정이 역력한 명현정이 자리에서 일어섰다.

비틀.

잠깐이었지만 그새 머리가 멍해진 탓이었는지 어지럼증이

왔다.

여성 조사관이 얼른 다가와 부축했지만 명현정은 휘청거리는 몸으로 허리를 절반까지 접으며 인사를 하고는 반대쪽 출구로 나갔다.

채 1분도 안 되는 시간이었지만 평범한 정신체인 명현정으로서는 견디기 어려웠을 것이다.

누군가 자신의 기억을 샅샅이 훔쳐본다고 생각하면 과연 어떤 마음이 들까?

그것도 정신 계통의 초능력으로 기억을 헤집는다면?

만약 이를 알게 된다면 아마 일시적 공황 상태에 이를 것이 빤했다.

담용이 이를 알기에 차크라로 살짝 기운을 보완해 주지 않았더라면 지금도 비몽사몽간을 헤매고 있었을 것이다.

그래서 면접이 끝난 명현정은 헌혈자들이 간단한 간식을 섭취하는 것처럼 정신 치료를 위해 부드러운 음률의 클래식 음악이 흐르는 장소로 안내될 것이다. 자칫 후유증에 시달릴 수도 있기에 해 놓은 조치였다.

'깨끗했어.'

명현정의 생각을 읽은 담용의 첫 소감이었다.

'탈북하기 전에 중국에서의 생활이 엄청 고단했겠어. 중국 여권도 곧 죽을 사람의 호구戶口를 사서 만든 가짜이고…….'

탈북자라면 대개가 그런 방식으로 남한에 오기까지 중국

사람인 것처럼 행세하며 살아간다는 걸 조재춘에게 들은 바가 있었다.

그도 아니면 필사의 탈출을 감행해 제3국, 즉 버마나 태국, 베트남, 캄보디아, 라오스 등지로 향하거나 죽음을 무릅쓰고 미국 대사관의 담을 넘는다고 했다.

결론은 명현정이 스파이 교육을 받고 남파된 간첩이 아니라는 것이었다.

담용은 지루할 정도로 이어지는 반복된 일이었지만 단 한 치의 흐트러짐도 없이 열중했다.

남의 생각을 읽는 것이라 심력이 많이 소모됨에도 그는 묵묵하게 성심을 다한 끝에 1백 명을 넘겼다.

채 1분도 걸리지 않는 사람도 있었고, 2분이 걸린 사람도 있었다.

차크라를 채우지 못하는 상태에서 기운이 소진되어 갔지만 못 참을 정도는 아니었다.

한데 아이러니하게도 거기서 얻는 소득이 결코 적지 않다는 점이 담용으로 하여금 활기를 띠게 했다.

소득이란 다른 게 아니었다.

물론 북한의 참혹한 실정을 리얼하게 알게 된 것도 있었지만, 탈북자들을 상대로 실험적 성격이 강했던 스피리추얼 커뮤니언(영적 교감)이 괄목할 만한 성장을 이루었다.

'이거…… 정신감응 수련에 꼭 필요한 관문이라고 봐야 하나?'

담용으로서는 뜻밖의 수확이 아닐 수 없었다.

기실 정신감응 능력을 향상시키는 데 이만한 조건이 또 어디 있을까?

생사람을 잡아다가 할 수도 없었고, 돈을 대가로 받으면서까지 실험에 응할 사람도 전무할 것이다,

그런 만큼 정신계 영역의 초능력은 그 기반이 취약해 한계가 있을 수밖에 없었다.

사람을 납치해서 강제로 실험 대상으로 삼는다면 모를까.

고로 담용으로서는 일생일대의 기회가 아닐 수 없는 것이다.

그것이 적극적으로 나설 수밖에 없는 이유다.

'후훗, 내색할 수는 없지.'

"다음은 152번 염경철 씨입니다."

안내 요원이 조용한 음성으로 다음 순번인 탈북자를 들여보냈다.

어느새 시간도 3시간 가까이 흘러 순번도 152번까지 왔다.

151번까지 오는 동안 이티머시를 비롯해 정신감응인 사이코맨시, 사이코메트리, 마인드 리딩, 브레인워싱, 오토-

서제션 등을 맘껏 실습(?)할 수 있었던 것은 기막힌 행운이었다.

당하는 탈북자들이 섭생을 조금 더 하고 휴식과 수면을 취하면 정신이나 신체에 아무런 해가 없으니 죄책감은 들지 않았다.

고작 1분, 2분으로 탈이 날 리가 없는 것이다.

반면에 담용은 기연이란 것이 따로 있을까 싶었다.

'염경철이라…….'

담용에게는 면접 대상자의 신상이 기록된 서류가 없었다. 이는 담용이 그렇게 요구했기 때문이다.

그가 하는 일이 그런 것과는 무관한 정신계 초능력이라 탈북자의 신상에 대해 알 필요가 없었던 것도 있지만, 오히려 알고 있는 것이 정신계 초능력을 시전하는 데 방해가 될 수 있어서다.

그 때문에 가림막 자체도 담용이 심력을 소모해 가며 투시안을 발휘하지 않는 한 면접 대상자를 볼 수 없었고, 면접 대상자 역시도 그랬다.

이를테면 면접 대상자가 아름다운 여성일 때, 담용이라고 마음이 동요되지 말란 법이 없다.

즉, 담용도 남자라 인정에 이끌려 본분을 망칠 수도 있으니 예방 차원에서 설치한 것이라는 얘기다.

"편히 앉으세요."

"고, 고맙시요."

"많이 기다렸지요?"

"뭐, 좀…… 길치만 일없시오."

"속히 끝내겠습니다. 책상에 있는 고무줄을 머리에 두르시고 제가 그만이라고 할 때까지 푸시면 안 됩니다. 아셨지요?"

"예."

염경철도 앞선 탈북자들과 마찬가지로 담용의 얼러링 보이스, 즉 매혹의 목소리에 현혹되어 순한 양처럼 양순해졌다.

염경철 역시 시키는 대로 순순히 고무줄을 머리에 둘렀다.

담용은 시간을 지체하고 싶지 않아 고무줄을 통해 의념을 보냄과 동시에 기억의 전도체에 전이시켰다.

한데 그 순간, 담용은 하마터면 '억!' 소리를 낼 뻔했다.

'뭐야? 왜 이리 꽉 막혔어?'

여태 단 한 번도 없었던 일이 발생한 것에 담용도 일시 당황했다.

'어디, 다시 한 번!'

이번에는 조금 더 강한 의념을 보내 기억의 전도체에 전이시키려 시도했다.

'얼라?'

마찬가지였다.

여기서 더 강하게 하면 염경철은 송곳으로 찌르는 듯한 두통으로 비명을 지를 것이다.

'이건…… 누군가 강제로 기억을 지운 것 같은데.'

그것도 가닥가닥 끊어지는 느낌으로 보아 일부분의 기억이 지워진 것 같았다.

담용의 군대 감각으로는 마치 대전차 장애물이 군데군데 설치된 것만 같다.

'혹시 잡혔을 때를 대비해 기억을 강제로 지운 건가? 아, 아닌가?'

담용의 눈에 의혹이 어리는가 싶더니 곧 뭔가를 알아챘는지 고개를 끄덕였다.

'맞아, 이건 자백제나 최면술에 대비해 기억을 칸으로 나눈 것에 불과해.'

가능한 추론이었다.

자백제든 최면술이든 누군가 기억의 칸을 넘으려고 할 때 가장 먼저 거짓 정보가, 세뇌된 전도체가 움직이도록 되어 있는 구조였다.

담용도 몇 칸인지 알 수 없을 정도로 장벽이 많다는 느낌이었다.

고로 진실한 정보는 장벽의 칸을 뛰어넘거나 피해야만 접할 수 있다는 얘기가 된다.

담용은 그 즉시 전도체에 전혀 충격이 가지 않는 고난도 수법 염력인 사이코키니시스를 시전했다.

사이코키니시스는 생각의 힘이란 뜻이다.

즉, 물리적인 힘이나 인위적인 힘을 가하지 않고 생각이나 마음으로 사물을 움직이고 통제하는 초능력을 뜻했다.

이른바 초상감각으로, 시전자의 정신계 능력이 피시전자보다 더 뛰어나야만 가능함은 물론이다.

그러기 위해서는 담용 또한 심력이 배로 들고 차크라의 기운인 나디의 조율이나 밀도가 세밀하고 농밀해야만 가능했다.

역시나 염경철의 세뇌된 정신력은 담용의 상대가 되지 않아 힘없이 뚫려 버렸다.

느낌은 '퍽' 하는 소리와 같았다.

그러자 의념의 나디가 무인지경인 양 장애물을 통과했다.

'내 예감이 맞았어. 어디…….'

자신의 예감을 확인한 담용이 염경철이 발작이나 기절을 하기 전에 재빨리 기억을 읽어 갔다.

—이름 : 김철각.

생년월일 : 1965년 4월 7일생.

주소 : 평양특별시 중화군 중화읍 ○○○번지

경력 : 1981년 군 입대.

1985년 강건종합군관학교 입교.

1988년 강건종합군관학교 졸업. 중위 임관.

1993년 소좌 진급.

1994년 조선노동당 입당.

1995년 북한 보위사령부 근무.

1996년 보위사령부의 지령을 받고 그해 중국 요령성 단둥시에서 탈북자로 신분을 위장.

임무 :

1. 남한에 잠입해 국내 탈북자와 탈북자 단체 동향 파악. 남한 내 암약하고 있는 동지와 접선해 정보를 북한에 전달함과 동시에 통일당에 접선해 수령님의 지시 사항 전달.
2. 차기 탈북자 8호를 접선해 다음 지령을 접수할 것.
3. 요인 암살. 대상은…….

여기까지 주르르 기억을 읽은 담용의 안색이 확 변했다.

'이런, 우라질!'

한도 끝도 없을 염경철, 아니 김철각의 남파 임무에 재빨리 엄지와 검지로 원을 만들어 담당 조사관에게 신호를 보냄과 동시에 손가락을 부딪치며 깜박이 신호도 함께 보냈다.

원을 그린 것은 남파 간첩이라는 뜻이었고, 손가락을 부딪친 것은 구급차를 대기시키라는 의미였다.

담용은 즉시 방식을 바꿨다.

담당 조사관의 긴장하는 눈빛을 본 담용이 지체 없이 나디에 차크라의 기운을 배가시킴과 동시에 김철각의 정신을 지배하는 마인드 컨트롤을 시전했다.

이는 담용의 뇌파로 김철각의 뇌파를 조종하여 자신이 원하는 대로 마음을 움직이게 하는 수법으로, 고난도 중에서도 고난도에 속했다.

담용은 고무줄을 통해 강력한 뇌파를 김철각의 뇌로 전이시키면서 말하고자 하는 의지를 의념으로 변화해 내보냈다.

—김철각, 책상에 놓인 노트에다 당에서 하달된 지시 내용과 그 밖에 모든 정보를 빠짐없이 필사하라.

순간, 잠시 공허한 표정을 짓던 김철각이 이내 담용의 의념대로 행동하기 시작했다.

중요한 순간이었다.

김철각이 필사를 끝낼 때까지 의념을 그대로 유지하는 것이야말로 일의 성패를 좌우하는 잣대였기에 담용도 필사적일 수밖에 없었다.

'쯧, 오늘은 더 이상 안 되겠군.'

고난도의 초능력만큼이나 차크라가 쑤욱 쑥 빠져나가고 있어 김철각을 마지막으로 오늘의 면담은 접어야 할 것 같았다.

더구나 김철각이 필사를 하는 시간이 길어지면 길어질수록 슬슬 호흡이 가빠지면서 심장에 무리가 가고 있었다.

필사가 길어진다는 건 그만큼 정보가 많다는 얘기일 것이고, 계급도 영관급에 속하니 그만한 고급 정보도 들어 있다는 뜻이었다.

그에 비례해 담용 또한 그만큼 힘이 소진됐다.

탈북자들의 프로필은 자기 혼자만 안다.

그 누구도 탈북자의 거짓말을 검증해 주지 않기에 더 그렇다.

이런 것을 검증하고 탈북자들이 사회에 나아가도 국민을 상대로 함부로 거짓말을 하지 못하도록 관리해야 하는 존재가 국정원인 것이다.

사실을 망원경적 시각으로 바라보고, 이를 다시 현미경적 시각으로 확인하고 또 확인해야 하는 일이 바로 국정원의 임무다.

담용이 동원된 것 또한 그런 차원에서였다.

'엉? 다 끝났나?'

차크라가 빠져나가는 게 한결 엷어진 것 같은 느낌이 든다 싶더니 이내 전기가 차단되듯 뚝 끊어졌다.

쿵!

김철각의 상체가 힘없이 무너지면서 머리가 책상에 부딪치는 소리였다.

'하긴…….'

뇌파가 곤죽이 되다시피 했으니 당연한 일이다.

뇌파가 곤죽이 됐다 함은 뇌가 일시 인식을 하지 못하는 상태, 즉 일종의 코마에 빠진 것이라 보면 맞다.

"조사관님, 속히 가까운 병원으로 후송하십시오."

"넵! 이미 준비되어 있습니다."

득달같이 달려온 요원들이 김철각을 들것에 싣고는 밖으로 나갔다.

"후우-!"

약간은 창백해진 담용이 한숨을 불어 낼 때, 차장들과 과장들이 다가왔다.

당연히 면담은 중단되어 버렸다.

김철각이 장문으로 필사해 놓은 A4 용지를 든 최형만이 웃음기가 섞인 어투로 말했다.

"육 담당관, 수고하였네."

"성과가 있어서 다행입니다."

"하핫, 대통령께서 제대로 맥을 짚으셨어."

"하하핫, 당사자인 저도 이렇게 되리라고 생각지 않았는데, 대통령께서 어찌 아셨겠습니까? 그냥 밑져야 본전이란 생각으로 툭 던져 본 거겠죠."

"허헛, 그런가?"

"제 말이 맞을 겁니다."

"많이 피곤해 보이는군."

누구라도 담용의 창백해진 안색을 보면 그런 말이 나올 터였다.

"아무래도 오늘은 더 이상 어렵겠습니다."

"그럴 테지. 푹 쉬도록 하게. 고생했네."

툭툭툭.

"제가 보살피겠습니다."

"그래, 조 과장이 수고 좀 해 주게."

"염려 마십시오."

"차 과장은 필사한 걸 가능한 빨리 검토해서 보고하도록."

"알겠습니다."

"그런데 3차장님."

"응? 할 말이 있나?"

"오늘이 합신센터에서 마지막 날이라면 내일은 어쩌죠?"

"아, 그건 하루 연기하면 되네."

"실망들이 크겠는걸요."

"하핫, 대신에 신문은 없고 면담만 있다고 하지. 그리고 나름대로 그에 대한 보상을 생각해 두고 있으니, 실망은 하지 않을 걸세."

"그렇군요."

"최형만의 말을 들은 담용의 시선이 조택상에게로 향했다.

“2차장님, 내일 제 일이 끝나기 전에 해 주셔야 할 일이 있는데, 부탁하나 해도 되겠습니까?”

“아무렴, 말만 하게. 뭔가?”

“홍콩에서 온 친구들이 어디에 머물고 있는지, 또 그들의 동태를 알아봐 주십시오.”

“머물고 있는 장소는 이미 알고 있네.”

“동태는요?”

“호텔들을 전전하는 걸 보면 아마도 일본 야쿠자들을 찾아다니고 있는 눈치 같은데, 그 외에 별다른 행동을 보이지 않아서 지켜만 보고 있는 중일세.”

“어느 팀이 맡고 있습니까?”

“아무래도 육 담당관의 일 같아서 그동안 팀을 이뤄서 호흡을 맞춰 왔던 정광수의 브라보팀이 맡고 있지.”

“잘됐군요. 하면 야쿠자들의 동태도 같이 맡고 있습니까?”

“그러네.”

“알겠습니다. 하면 내일 일이 끝나는 대로 저는 그들과 합류해서 사정을 알아보도록 하겠습니다.”

“허허헛, 이제는 그림자 요원이라고 해도 무방하네. 그러니 일일이 보고하지 않고 마음대로 움직여도 된다네.”

남파 간첩인 김철각을 색출해 냈으니 이미 성과를 보였다고 해도 무방해서 하는 말이었다.

이는 대통령의 조건에 부합한 것이나 다름없다는 말이다.

고로 담용은 이제 국정원 정규 직원으로서 최초의 프리랜서가 된 것이나 진배없었다.

"그래도……."

"되었네. 이제 와서 마음 약한 척할 필요 없네. 때는 이미 늦었으니까."

'쳇! 그까짓 게 뭐 그리 대단한 거라고.'

막상 이렇게 되고 보니 뭔가 허전해진 기분이라 담용이 속으로 구시렁댔지만 어쨌든 구속을 덜 받게 된 것으로 만족했다.

정말 악연이라는 게 있나?

여의도 국회의사당 인근의 한 건물.

'(주)대성상사'라는 간판이 부착되어 있는 문 앞에 김덕기와 유상곤이 얼쩡거리며 간혹 창문을 통해 안을 기웃대고 있었다.

물론 대부분 불투명인 '미스트 유리'라 실내가 잘 보이지 않음에도 틈새를 찾아 기웃대고 있는 것이다.

"형님, 너무 조용한데요?"

유상곤 특유의 걸걸한 목소리가 조용한 복도에 웅웅거렸다.

"여기가 공장이냐? 전부 사무실인데 조용한 게 당연하지."

"하긴 입주한 업체가 대부분 오퍼상 같은 조그만 회사니 시끄러울 일이 없겠소. 그래도 여긴 두 칸을 합쳐서 그런지 제법 큰 규모 같소. 근데 안 들어갈 거요?"

"기다려 봐, 생각 좀 하게."

"젠장, 생각할 게 뭐가 있다고…… 그냥 들어가서 만나 보고 나오면 되잖소?"

"거 좀 조용히 안 할래?"

"쳇!"

인상을 한번 긁는 것으로 유상곤의 입을 다물게 한 김덕기는 자주 엘리베이터가 위치한 곳으로 시선을 주고 있었다.

가능하면 외근에서 돌아오는 대성상사 직원을 만나 자연스럽게 만났으면 하는 마음이었다.

두 사람이 대성상사를 찾아온 것은 당연히 무라카미의 의뢰를 받아 일을 하던 중 9월 3일과 4일 사이에 김포공항에 입국한 명단에 김복주의 이름이 있어다.

김복주가 남자이고 나이도 25세에서 35세 사이인 31세라 의뢰한 인물에 부합했기에 만나 봐야 할 것 같았다.

김덕기는 사무실에서 누군가 나오거나 외근 사원이 귀사를 할 때까지 기다리기로 했는지 창턱 돌출부에 등을 기댔다.

전직 경찰인 형사였으니 잠복근무가 일상이었던 탓에 기다리는 것이야 이골이 난 터라 팔짱까지 낀 자세가 자연스러웠다.

하지만 그 모습에서 착각일까 싶은 공허함이 엿보였다.

우웅. 우우우웅.

"형님, 전화 온 거 아니우?"

"네 전화잖아?"

"어? 그런가? 히히힛, 심심한데 잘됐네."

"네 목소리 자체가 소음이니 복도 끝으로 가서 해."

"쳇! 매력남의 진가가 뭔지도 모르는 노인네 같으니."

김덕기가 손을 내젓자 투덜대며 물러나는 유상곤의 입에서 고운 어투가 나올 리가 없었다.

"여보쇼?"

-영감탱이!

"뭐? 너, 누구야? 바, 방금 뭐라고 그랬어?"

첫마디가 대뜸 '영감탱이'라며 욕설에 가까워 유상곤은 대번에 뚜껑이 열려 버렸다.

-씨발아, 영감탱이라고 그랬다.

"이 씨불 넘이! 누구냐니까?"

-나 똥꼬다, 영감탱아.

"뭐? 또, 똥꼬?"

-그래.

"아아, 쓰리꾼 새끼네. 근데 말이 왜 그 모양이야? 죽고 싶어?"

—씨발, 죽이고 싶으면 죽여. 그 전에 내 돈부터 내놔!

"뭐라? 돈이라니! 뭔 돈?"

—우린 분명히 그놈한테 서류를 전해 줬다. 근데 그 자식이 빼앗기고는 우리한테 덤터기를 씌우고 내뺐다고!

"이 새끼가 난데없이 뭔 소리를 하고 자빠졌어?"

—씨발 놈. 말이 안 통하네. 네 형 바꿔, 새꺄.

"이 새끼가……. 너 두고 보자. 기다려."

그새 얼굴이 시뻘겋게 변한 유상곤이 씩씩거리며 김덕기에게 다가와 휴대폰을 건넸다.

"받아 보쇼. 똥갠지 똥꼰지 쓰리꾼 놈이오."

"……?"

팔짱을 푼 김덕기가 의문의 눈초리로 씩씩대는 유상곤을 쳐다보더니 휴대폰을 귀에 댔다.

"김덕기요."

—꼰대, 약속한 돈은 줘야지.

"훅 가기 전에 말조심부터 해라."

—씨발, 끈 떨어진 갓 신세가 뭔 소리래? 아직도 형산 줄 알아?

"그래? 부자가 망해도 3년은 먹을 것이 있다는 소리가 괜히 있는 거 아니다. 내일 해 뜨는 걸 보고 싶지 않으면 이대로 끊고 그렇지 않으면 정중하게 말하도록."

—쳇! 아직도 재수 없는 카리스마는 죽지 않았네. 뭐, 좋

소. 원한다는데야 그렇게 해 드리는 게 뭐가 어렵겠소? 용건은 의뢰를 끝냈으니 약속한 돈을 달라는 거유.

김덕기의 말에 그만한 무게가 있음을 아는지 똥꼬의 말투가 조금 부드러워졌다.

"실패했다고 들었다."

-풋! 우린 분명히 그 여자한테서 서류를 탈취해 사내에게 전했소.

"난 그렇게 안 들었는데?"

-뭐, 그렇게 들었을 수도 있겠군. 하지만 말이오, 우린 분명히 전했고 그 사내의 손에 서류가 쥐였을 때 언 놈에게 탈취당했다는 걸 아셔야 하우. 애초 우리가 거기까지 책임을 진다는 말은 없었소, 책임을 질 이유도 없고. 이건 분명한 사실이오. 아시잖소, 이 바닥에서 거짓말은 용납이 안 된다는 거.

"사실이 그렇다면 내가 다시 알아보고 조치하도록 하지."

-뭔 소리요, 당장 돈을 달라니까.

"지금은 줄 수 없다. 그러나 내 약속하지, 네 말이 사실이라면 내 돈으로라도 주겠다. 됐나?"

-쩝, 그렇게 약속한다면 어쩔 수 없지. 대신 내일은 넘기지 마시오.

"알았다."

-크크큭, 역시 꼰대는 믿고 일할 만한 사람이오. 끊겠소.

통화를 끝낸 김덕기가 입술을 질끈 깨물더니 휴대폰을 건네며 유상곤에게 말했다.

"주 형사 연락되지?"

"주 형사라면 서초서의 주대식요?"

"그래."

"걘 왜요?"

"똥꼬 패거리를 정리해야겠다."

"엥? 혀, 형님, 걔들 건드려서 좋을 것 없다고요. 기껏 살아 봤자 2년이라고요."

그다음에는 오히려 위험에 처할 수 있다는 말을 하고 싶었지만 이미 짐작하고 있을 것이기에 굳이 내뱉지 않는 유상곤이다.

"전과가 수두룩한 놈들이라 최소 5년은 못 빠져나와."

"그다음은요?"

기실 그리 두려워할 놈들은 아니었지만 딱 하나, 남모르게 다가와 면도칼로 긋고 튀는 것만은 조심해야 했다.

"출소하는 날을 기억해 놨다가 그 자리에서 정리하면 돼. 글고 미래의 일을 미리 사서 걱정하는 건 멍청이들이나 하는 짓이다."

"히히힛, 그렇긴 하죠. 근데 뭔 죄목으로 엮죠?"

"김포공항에서 날치기하는 걸 목격했다고 해. 어차피 목격자 신원이야 주 형사가 입을 다물고 있으면 되니 말이다."

"글쿤요. 하지만 그러려면 최소한 목격한 증인이라도 있어야 하잖소?"

"너 바보냐?"

"아씪."

"인마, 그건 파크인터코리아 사장 마누라를 증인으로 내세우면 되잖아, 당사자니까."

"히힛, 알았슴돠. 씨불 넘, 까불 때 알아봤다, 크크큭."

두 사람이 대화를 나눌 때 정중하지만 조금은 뾰족한 여성의 목소리가 들려왔다.

"누굴 찾아오셨나요?"

"……!"

김덕기가 고개를 돌려보니 조금 시끄러웠던지 아가씨로 보이는 여직원이 문고리를 잡은 채 곱지 않은 시선을 보내고 있었다.

"아, 미, 미안합니다. 사무실을 방문하려는데 마침 전화가 와서요. 소란을 피웠다면 죄송합니다."

"누굴 찾아오셨죠?"

어색한 미소까지 띠어 가며 김덕기가 사과를 했지만 돌아온 것은 여전히 뾰족하고 사무적인 음성이었다.

"저기…… 여기 김복주란 분이 근무하시지요?"

"아! 김 대리님을 찾아오셨군요."

조금은 싸늘했던 여직원의 표정이 김복주를 찾는다는 말

에 대번 봄날 개나리처럼 활짝 펴졌다.
'뭐야? 애인이라도 되나?'
아무리 여자의 변신은 무죄라지만 이건 수수께끼를 풀어 보라는 의미나 다름없는 반응이라 김덕기는 속으로 실소를 자아냈다.
여직원의 표정이 확연하게 변한 기회를 놓칠세라 김덕기가 얼른 물었다.
"좀 만났으면 하는데, 자리에 있습니까?"
"어머! 어떡해요, 지금 출장 가셔서 자리에 안 계시는데요."
"추, 출장요?"
"네. 아시다시피 저희가 무역 회사라 직원들의 출장이 잦은 편이거든요."
거의 자리를 비우기에 만나기가 쉽지 않다는 얘기다.
"거참…… 아쉽네요."
"연락처를 주시면 돌아오는 대로 연락을 드리라고 할게요."
"감사합니다. 마침 명함이 다 떨어져서 이거라도……."
김덕기가 미리 메모지에 적어 놓은 전화번호를 건넸다. 자신의 명함에는 전직이 경찰이었다는 표시가 있어 만나길 꺼릴 것 같아 메모지로 대신한 것이다.
"그럼 언제쯤 귀사를 하는지요?"

"이번에는 섬유 수출 건 때문에 성서공단으로 갔으니, 오래 걸리지는 않을 거예요. 아마…… 모레쯤이면 오실걸요."

"고맙소. 그럼 이만……."

여직원에게 고개를 살짝 숙여 보인 김덕기가 미련 없이 돌아섰다.

두 사람이 엘리베이터가 있는 모퉁이로 사라지는 것을 확인한 여직원이 문을 닫고 돌아서자, 황 사장 즉 황준일이 쳐다보고 있다가 말했다.

"사진은 찍어 뒀으니 빨리 이찬주에게 연락해."

"네."

여직원이 종종걸음으로 자신의 자리로 가더니 휴대폰을 들었다.

–네, 언니.

"찬주야, 어디?"

–1층 커피숍요.

"교대할 때가 됐지?"

–아직 10분 정도 남았어요.

"미안하지만 임무다."

–어? 그래요? 뭔데요?

"방금 사무실로 김복주 대리님을 만나러 왔다가 허탕 친 두 사람인데, 나이가 30대 후반과 40대 후반이야. 30대 후반으로 보이는 사람은 장비같이 숭숭 난 수염 자국이 있고, 40

대 후반은 다리를 저니 알아보기 쉬울 거야."

–어머! 지금 제 눈에 보여요.

"그래? 빠르네. 뭐 해, 당장 미행에 들어가! 수시로 보고하는 거 잊지 말고."

–알았어요, 언니. 아웃.

"그래, 수고."

대성상사에서 허탕을 치고 나온 유상곤은 통화를 하고 있었다.

"어? 대식이냐?"

–유 선배, 오랜만이우.

"그랴. 언제 술 한잔해야 되는데 미안타."

–별일이우, 그런 걸 다 미안해하구. 근데 어쩐 일로 전화했수?

"너, 교대역을 주 무대로 하고 있는 똥꼬파 알지?"

–똥꼬? 날치기 김현출이 말이오?

"그래."

–개가 왜요?

"잡아 처넣으려고."

–으흐흐흣, 그러지 않아도 쥐새끼같이 빠져나가는 통에

벼르고 있었는데. 그놈 어딨소?

"흐흣, 강남제과 뒤편 골목으로 가서 잠복하다 보면 그놈 패거리들을 볼 수 있을 거다."

–아지트는 모르오?

"미꾸라지 같은 놈들이 아지트를 아무렇게나 흘리고 다니겠냐?"

–하긴…… 알았소. 근데 놈들이 또 무슨 짓을 저질렀소?

"히힛, 형님하고 나하고 김포공항에 갔다가 우연히 목격한 게 있었지."

–에이, 뭐가 그리 두루뭉술하오?

"미안. 여의도 송림빌딩에 있는 파크인터코리아 사장의 사모님이 공항을 나오다가 날치기를 당하는 걸 우연히 목격했는데, 알고 보니 그놈이 똥꼬 패거리더란 말이지."

–오오! 증인이 그 사모님이시란 말이죠?

"글치."

–히히힛, 목격자는 두 분이시고.

"우리야 어차피 현직을 떠난 사람이니 이름은 올릴 생각도 하지 말어."

–그야 이를 말이오. 알았소. 이 새끼들, 족히 10년은 학교에서 썩어야 하는 놈들인데…….

"10년? 왜? 소매치기 말고 다른 건수도 있어?"

–비밀이지만 선배한테야 말 못할 게 없쥬. 소매치기 한

것도 모자라 대항하는 사람을 면도칼로 긋는 통에 지금 실명할 위기에 처했으니 가중처벌이야 당연한 거 아니오?

"허어, 새끼들이 간이 배 밖으로 튀어나왔구만."

–아무튼 고맙소. 해결해 놓고 한잔합시다.

"오케이."

탁!

괄괄한 성격만큼이나 과격하게 폴더를 접은 유상곤이 엄살을 떨어 댔다.

"어이구, 배고파. 형님, 배가 등가죽에 붙은 것 같수. 배 안 고프우?"

"지랄. 이러다가 네 배 속에 의뢰비 다 처넣겠다. 뭐 먹을 건데?"

"히히힛, 오랜만에 야들야들한 보쌈이 먹고 싶어지오."

"쯧. 가자고."

어느새 하루도 다 지나가는 해거름 때다.

합신센터의 면담을 끝내고 시청 인근의 K호텔 지상 주차장에 애마를 주차시킨 담용이 휴대폰의 번호를 누르고는 귀에 갖다 댔다.

–팀장, 유장술세.

"아, 미안합니다. 전화를 하셨는데 혼잡한 도로를 운전 중이라 받기가 곤란했습니다."

—하핫, 괜찮네.

"무슨 일입니까?"

—HDI빌딩을 답사하게 됐다는 말을 전하고 싶어 연락을 했네.

"어? 안 된다면서요?"

—하핫, 안 과장이 일등 공신이지.

"에? 안경태가요?"

—그러하이. 어떻게 된 거냐면, HDI산업 상무보란 직책에 있는 사람이 절친한 친구의 형님이더란 말이지.

"아아."

직책에 '보' 자가 붙는 것은 진급 대상자란 뜻이다. 즉, '상무보'란 곧 상무가 될 사람이란 의미였다.

등기이사가 아니더라도 직책이 이사급에 속하니 그만한 파워가 있어 빌딩을 답사시키는 정도야 얼마든지 권한 내에서 허락할 수 있다고 봐야 했다.

"그래서요?"

—안 과장이 친구에게 부탁했더니 흔쾌히 실사를 허락하지 않았겠나?

"하핫, 잘됐네요."

—그렇지. 그래서 지금 답사팀을 안 과장과 설 과장으로

꾸렸네.

"적당한 인선입니다. 모쪼록 어렵사리 얻은 기회이니 꼼꼼하게 살펴보고 오라 하십시오."

ㅡ물론이네. 행여 하나라도 빠뜨릴까 싶어서 아예 점검할 목록을 작성해서 갈 생각이네.

"잘하셨습니다. 외투사나 외국 투자가들은 빌딩을 매입할 때 엄청 세밀하게 점검하고 또 점검하니까요.

ㅡ팀장이 그러지 않았나, 그들은 손에 의사들이 사용하는 신경 반응 망치를 들고 다니면서 배관 하나하나까지 톡톡 쳐 대며 다 점검한다고 말이야. 그리고 배관을 두른 스티로폼까지 다 벗겨 본다면서? 녹이 쓸었는지 안 쓸었는지 확인 차원에서.

"그건 정말입니다. 얼마나 꼼꼼한지 아마 직접 보시면 학을 뗄 겁니다. 따라다니기가 지루할 정도였으니까요."

ㅡ허헛. 마치 경험해 본 것처럼 말하는군.

'푸헐, 했어도 많이 해 봤죠.'

물론 기억 저편의 얘기다.

"딱 한 번 그런 경험이 있었지요. 아무튼 그런 걸 잘 주지해서 가능한 완벽하게 답사하라고 해 주십시오."

ㅡ알겠네.

"끊습니다."

ㅡ수고하시게.

틱.

통화를 끝낸 담용이 곰곰이 생각에 잠겼다.

'이거 잘하면 폴린 멕코이 씨를 한 방에 엮을 수 있겠는걸.'

의뢰한 액수가 무려 5천억가량이니 폴린 멕코이의 정서와 매치가 된다면 매각은 고민할 필요가 없다.

물론 2천억가량의 자금이 부족하긴 하지만, 그거야 융자로 대치할 수 있다.

빌딩 임대 수익 대비 융자 금리라면 당연히 임대 수익 쪽으로 한참 이익이 기운다.

고로 5천억의 자금이 가진 재산의 전부라고 해도 매입은 그리 어려운 일이 아니었다.

'반드시 성사시키겠어.'

그렇지 않으면 센추리홀딩스의 7천억이란 자금이 묶이게 되어 안팎으로 힘들게 될 것이 틀림없었다.

그렇게 되면 옥션에 직접 참여하기가 어렵게 되어 빤히 보면서도 손가락만 빨고 있어야 하는 처지로 전락해 버린다.

'당장 전화를 해 봐야겠어.'

담용은 시간 끌 것 없다는 듯 곧바로 저장된 폴린 멕코이의 전화번호를 찾아 버튼을 눌렀다.

신호가 가고 곧 영어가 튀어나왔다.

—헬로우, 멕코이요.

"아! 멕코이 씨, 코리아 리얼 에스테이트 에이전시의 미스터 육입니다."

-오우! 미스터 육, 난 전화가 없어서 미스터 육이 나를 잊은 줄 알았소.

"하핫, 그럴 리가요? 멕코이 씨가 원하는 커머셜 빌딩을 서베이 하다 보니 연락이 늦었습니다. 어쨌든 연락이 늦은 점은 죄송하게 됐습니다. 그런 의미에서 제가 코리아 전통 음식 상차림인 한정식을 대접해 드릴까 합니다. 괜찮으시다면 시간은 멕코이 씨가 정하시지요?"

-우허허헛, 그거 듣던 중 반가운 말이군요. 음…… 3일 후라면 시간이 될 것 같소만.

"좋습니다. 그럼 미리 예약을 해 놓겠습니다."

-그러시오. 그건 그렇고 어디 좋은 빌딩이 나왔소?

"하하핫, 다행히 멕코이 씨가 운이 좋은가 봅니다."

-뭔 말이오?

"코리아에서는 더 이상 찾을 수 없는 인텔리전트빌딩을 찾았으니 하는 말입니다.

-오우! 오우! 그 말을 들으니 갑자기 마음이 확 쏠립니다.

"기대하셔도 좋을 겁니다."

-알았소. 매입이 급한 게 아니니, 3일 후에 미팅을 해도 늦지 않다는 말로 알아듣겠소.

"물론입니다."

-그럼 그때 다시 봅시다.

"예. 멕코이 씨도 편안한 밤 되시길 바랍니다."

통화를 마친 담용의 입매가 비죽거렸다.

"어째…… 쉽게 풀릴 것 같은 예감인걸."

일이란 이래야 할 맛이 난다.

그리고 대개는 일이 쉽게 풀리는 것이 결과도 좋게 나온다.

고생고생하면서 일한다고 해서 결과까지 좋으리란 법은 그 어디에도 없다.

물론 과정이 좋아야 결과가 좋다는 말이 틀리지는 않지만, '반드시' 그렇게 되는 것은 아니다.

모든 일에는 다양한 변수가 있고 경우의 수 역시 한두 가지가 아니기에 변화무쌍할 수밖에 없기 때문이다.

그래서 담용은 이렇듯 무슨 일에 직면하든 순조로운 출발을 선호하는 편이었다.

'3일 전에는 답사한 내용을 정리할 수 있겠지.'

다행히도 폴린 멕코이가 제안서를 준비할 시간을 넉넉하게 준 셈이 됐다.

뭐, 그동안 또 다른 부동산업자들을 만나러 돌아다니겠지만 신경도 쓰지 않았다.

기실 담용은 폴린 멕코이를 전적으로 믿지 않고 있었다.

그 이유는 순전히 전속 계약서를 작성하지 않았다는 데서 기인했다.

이 말은 실속도 없는 뜨내기업자, 즉 정보만 수집하는 부동산업자일 수도 있고, 아니면 그가 전속 계약을 해 놓고 한쪽만 믿고 기다릴 수 없다는 심리일 수도 있다는 뜻이었다.

당연히 후자였으면 하는 바람이다.

실상이 그렇다면 이 일 역시 순조롭게 풀리려는 징조인 것이다.

어쨌든 나쁜 기분은 아니어서 담용의 발걸음에 힘이 실렸다.

그런데 성큼성큼 걷는 와중에 또 진동이 울렸다.

"이거야 원……."

방금 주머니에 넣었던 휴대폰을 꺼내 액정을 살피니 '대성상사'라고 찍혀 있는 것이 아닌가?

'엉? 대성상사?'

회사명이야 홍콩으로 출장을 갈 때 사용했던 것이니 모르지 않아 혹시 하는 마음에 전화번호를 저장해 놨었지만, 담용으로서는 더 이상 인연이 없는 엉뚱하고도 생소한 회사였으니 의문을 품을 만했다.

심지어 사장의 얼굴은커녕 이름이 뭔지도 모르는 회사다.

'임무가 주어진 건가?'

아닐 것이다. 그랬다면 합신센터에서 말이 있었을 것이다.

'뭐 일이 있으니 전화를 했겠지.'

잠시 망설이던 담용이 문득 김복주란 이름과 CIA의 도청이나 감청을 기억해 내고는 버튼을 눌렀다.

'자연스럽게…….'

대성상사와의 통화는 그것이 생명이었다.

"김복주입니다."

-김 대리님, 저, 조미연이에요.

"아, 네."

-수고가 많으시죠?

"수고는요. 무슨 일입니까?"

-아, 네. 혹시 김덕기란 사람을 아세요?

"김덕기요?"

-네. 그 사람이 남기고 간 쪽지에 그렇게 써 있는데…… 나이는 40대 후반가량 되어 보였고요. 또 같이 동행한 사람은 돼지털 같은 수염이 숭숭 난 장비 인상이었어요. 나이는…….

"아아, 알고 있습니다."

담용은 수염이 숭숭 난 장비 같은 인상이라는 말에서 전직 형사였던 유상곤을 기억해 냈다. 워낙 인상이 멧돼지같이 강렬해서 기억에 남아 있었던 것이다.

아울러 40대 후반이란 사람이 김덕기란 것도.

더군다나 냉천동에서 자신에 의해 심한 부상을 당했던 사람들이라 잊으려야 잊을 수가 없다.

"그 사람들이 찾아온 용건은요?"

-용건은 그냥 만나 봤으면 하던데요. 지금 부재중이라고 하니까 전화번호만 남기고 갔어요. 연락을 해 달라면서요.

"알겠습니다. 전화번호를 메시지로 남겨 주십시오."

-알겠어요. 수고하셔요.

"예, 조미연 씨도요."

-호호호홋.

조미연의 짤랑짤랑한 웃음을 끝으로 엔드 버튼을 누른 담용의 눈빛이 서늘해졌다.

'이 사람들이 대성상사까지 찾아와서 왜 날 찾는 거지?'

호텔 현관으로 가던 걸음을 멈춘 채 턱을 괴고 선 담용의 이마에 골이 점점 깊이 파였다.

생각이 골똘해지고 있다는 증거였다.

그도 그럴 것이 김복주와는 아무런 접점이 없는 김덕기와 유상곤이라 의아할 수밖에 없는 담용이기에 그랬다.

담용과 김복주와 관계를 아는 사람은 손에 꼽힌다.

김덕모, 조택상, 최형만, 이정식, 차민수, 조재춘 이렇게 고작 여섯 명이었고, 그들은 비밀이 샐 수 없는 국정원 간부들이었다.

대성상사 사장인 황준일도 담용이 김복주라는 사실을 모르고 있는 실정이다.

코드네임 제로벡터는 국장급인 황준일에게도 함부로 입에

담거나 누출시킬 수 없는 블랙요원이기 때문이다.

그런데 우연의 일치인지 아니면 알고 찾아왔는지 각기 다른 이름으로 두 번이나 인연 아닌 인연이 이어지고 있는 것에 기분이 찜찜해지는 담용이었다.

'아! 전직 형사였지!'

과거에도 채권으로 인해 자신을 추적했던 두 사람이다.

깊이 알아본 것은 아니었지만 지금 생각해 보니 누군가에게 의뢰를 받아 자신을 추적한 것이 아닌가 싶은 예감이 강하게 들었다.

'당시는 야쿠자의 채권으로 인한 것이었으니……. 의뢰를 받았다면!'

퍼뜩 떠오르는 것이 있었다.

'공항!'

딱 하나 접점이 있다면 대성상사 직원으로 출장을 가면서 공항을 이용한 점이었다.

그렇다면!

'이번에 입국한 일본인들이 의뢰한 건가?'

다소 엉뚱한 발상이다 싶었지만 가능성은 열어 놓을 필요가 있었다.

가능성만 열어 놓은 것은 이제 야인이 된 두 사람이 개인정보에 접근하기가 쉽지 않을 것이란 계산이 있었기 때문이다.

하지만 경찰 후배들이 즐비하다면 그 또한 장벽이 되지 못할 것이다.

퇴직은 했지만 선배가 부탁하는데 자유로울 수 있는 후배가 과연 몇 명이나 될까?

대한민국의 법을 관장하는 최고봉에서조차 전관예우란 관례가 괜히 있지 않은가?

하물며 그 하부에 하부 조직이야.

'알아봐야겠군.'

그냥 지나칠 일만은 아닌 것 같았다.

'일단 목전의 일부터 해 놓고 보자. 근데 정말 악연이라는 게 있나?'

빵! 빵! 빠아아-앙!

깜짝!

'이익! 어떤 자식이…….'

느닷없는 경적 소리에 심장이 덜컥 내려앉을 정도로 놀란 담용이 쳐다보는 순간, 엄청난 욕설이 귀청을 때렸다.

"야! 이 씨발 새끼야! 뒈지고 싶어!"

"뭐……."

심한 욕설에 담용이 한마디 내뱉으려는 찰나, 또다시 차창에 얼굴을 내민 사내의 입에서 육두문자가 튀어나왔다.

"쪼다 씹새야, 확 갈아 버리기 전에 빨리 비키지 못해!"

"……?"

'이런 젠장.'

그러고 보니 호텔 내 도로 한가운데에 서 있었던 것이다.

대꾸할 말이 없어진 담용이 재빨리 불룩 튀어나온 도로 섬으로 올라섰다.

부아아앙!

신경질적으로 급발진을 한 벤츠 승용차가 큰 소음을 내며 담용을 지나쳤다.

한데 이번에는 조수석에 탄 사내가 차창 밖으로 까만 문신을 자랑이라도 하듯 굵은 주먹을 내밀고는 협박을 해 댔다.

"멍청한 새끼, 자살할 데가 없어서 거기 서 있냐? 벼엉신 새끼."

말투나 생김새만 봐도 한 지역을 주름잡는 조폭 냄새가 물씬 풍기는 녀석들이었다.

'하!'

어이가 없어진 담용이 내심으로 외마디 실소를 내뱉고는 잽싸게 차크라를 운기해 급하게 생성시킨 나디를 뒷바퀴에 쏘아 보냈다.

'이놈들이! 아무리 잘못했기로서니 욕설을 마구 해 대!'

담용이 내심으로 지껄이는 말이 끝나는 순간, '빵!' '빵!' 하고 두 차례의 펑크 소리가 울려 퍼졌다.

이른바 금속까지 뚫을 수 있는 수법인 사이킥 드릴에 의한 현상이었다.

지금 담용에게 초능력을 송곳화해서 타이어에 구멍을 내버리는 수법은 일도 아니었던 것이다.

끼이이이익-!

급브레이크 소음과 동시에 차체가 풀썩 내려앉았다.

"쯧."

짤막하게 혀를 찬 담용이 미련을 끊고 현관으로 향했다.

이이제이以夷制夷

담용이 호텔 현관을 지나 로비로 가자, 말을 걸어오는 사람이 있었다.

"늦으셨네요."

"아! 정 팀장님."

"자리를 잡아 놨으니 이리로 오시죠."

"예."

정광수가 안내한 자리는 커피숍 내의 고풍스러운 왕골로 칸막이를 한 장소였다.

여종업원이 커피 두 잔을 주문받고 가자, 담용이 입을 열었다.

"이리로 숙소를 옮겼단 말입니까?"

"예. 대림동에 머물다가 안 되겠다 싶었던지 어제 이리로 왔습니다. 근데 입국할 때는 다섯 명이었는데, 지금은 인원수가 늘었습니다."

"그럴 이유가 있었습니까?"

"그럴 만한 이유가 있습니다. 대림동이나 가산동이 구로공단 인근에 있다 보니 덩달아 땅값이나 집값이 쌉니다. 지금도 밭이 있을 정도니까요. 그런 이유로 중국인과 조선족들이 많이 몰려들었습니다. 가히 차이나타운이 형성될 정도지요. 아니, 이미 형성되어 있다고 해도 과언은 아닙니다."

"하면 인원 조달을……."

"손님, 주문하신 커피 나왔습니다."

"아, 예."

커피 두 잔을 세팅해 놓고 여종업원이 물러가자 담용이 하던 말을 계속했다.

"인원 조달을 거기서 했단 말이군요."

"애초에 네 명이 입국한 것부터 이상했는데, 그럴 생각이었나 봅니다."

"충분히 일리 있는 말입니다. 혹시 흑사회가 우리나라에도 발을 담그고 있습니까?"

"그렇지는 않습니다. 단지 정체가 아리송한 자들이 차이나타운을 양분하고 있는 걸로만 파악되고 있습니다. 제 생각으로는 흑사회든 삼합회든 거기서 나온 곁가지, 아니면 축출

된 놈들이 건너와서 조직을 구축한 것 같습니다."

"어쨌든 흑사회하고 모종의 말이 오간 것은 확실하군요."

"그렇습니다. 그리고 이거……."

"뭡니까?"

정광수가 내미는 종이쪽지를 본 담용이 물었다.

"전번에 입국한 흑사회 놈들과 이번에 가세한 놈들로, 호텔에 체크인을 한 명단입니다."

"열 명? 한 세트를 맞췄군요."

"아마도 그동안 찾다가 지쳤는지 조를 짜서 일본 애들을 찾으려는 심산인 것 같습니다."

"정 팀장님, 쉽게 가시죠."

"예?"

"지금 일본 애들이 LD호텔에 머물고 있잖습니까?"

"예, 아직까지 움직이지 않고 있으니……."

"잘됐네요. 서로 상잔시키자고요."

"상잔이라면? 서, 설마?"

"하핫, 그 설마가 맞을 겁니다."

"하면 어떤 식으로 할 겁니까?"

"일단 좀 고민해 보고 말씀드리지요. 지금 LD호텔에 누가가 있죠?"

"최갑식 요원이 감시 중입니다만……."

"나머지 요원들은요?"

"김창식 요원은 지금 교환실에서 통화를 도청하고 있는 중이고, 구동진 요원은 지금 8층 청소를 담당하고 있는 미화원으로 근무 중입니다. 아마 지금쯤 복도에서 열심히 그라인더를 굴리고 있을 겁니다."

"거참, 별의별 것을 다하네요."

"임무니까요."

"근데 김창식 요원이 중국어를 할 줄 압니까?"

"예. 그래서 교환실에 있는 겁니다. 구동진 요원은 일어를 잘 구사하지요."

"하핫, 인재들이군요."

"국정원 요원이라면 거의 외국어 한 개씩은 필히 해야 합니다. 특히 필드 요원에게는 반드시 필요한 항목이고요."

"흠, 기회가 닿으면 김 요원에게 중국어를 좀 배워야겠네요."

"대만에서 근무한 적이 있으니 도움이 될 겁니다. 그리고 혹시라도 육 담당관께서 중국에 파견을 나가시거나 임무 수행을 나갈 때 김 요원을 대동하면 편하실 겁니다."

"김 요원이 중국에 다녀온 적이 있습니까?"

"아! 신입 시절에 중국어로 인해 중국과 수교할 때 고위급 수행원으로 자주 다녀왔었습니다. 그러고 보니 벌써 8년이 지났네요."

1992년에 중국과의 정식 수교가 수립되고 국교가 정상화

되었기에 하는 말이다.

“그렇다면 고려해 보지요. 그럼 정 팀장님은 지금부터 시시각각 일본 놈들의 동태를 보고받아 제게 알려 주십시오. 놈들이 다른 곳으로 몰래 새 버리면 곤란하니까요.”

“알겠습니다.”

정광수가 휴대폰을 손에 들고는 폴더를 젖힐 때, 갑자기 현관 쪽이 어수선해졌다.

“……?”

담용이 바라보니 들어오기 전에 시비를 걸었던 사내 네 명이 거들먹거리며 들어서고 있었다.

워낙 덩치가 크고 팔에 문신까지 새기고 있어 일반인들이 서둘러 피하느라 어수선했던 것이다.

다만 그중 한 명은 호리호리한 체구임에도 리더인지 가장 앞에서 걷고 있었다.

“서소문파 애들입니다.”

“서소문파요?”

“아, 잠시만요. 최 요원에게 문자부터 보내고요.”

정광수가 메시지를 보내는 사이 서소문파 애들이 엘리베이터 앞에 섰다.

득달같이 달려온 지배인이 버튼을 눌러 주면서 만면에 웃음을 짓는 것이 어째 처량해 보였다.

아마도 행여 호텔 손님들에게 폐를 끼칠까 전전긍긍하는

모양이었다.

'저런 놈들은 깡그리 정리해 버려야 하는데…….'

"연락했습니다. 놈들이 움직이는 대로 미행하면서 보고하라고요."

"잘하셨습니다."

이어 담용이 엘리베이터 안으로 사라지는 서소문파 애들을 가리키면서 말했다.

"저놈들에 대해서 좀 더 듣고 싶네요."

"어렵지 않지요. 아까 앞에 서서 가던, 조금 왜소한 체구인 녀석이 원킬이라 불리는 서소문파의 2인잡니다. 또 머리가 명석한 놈이기도 하고요."

"헐, 그 좋은 머리로 깡패 짓이나 한단 말입니까?"

"후훗, 그야 알 수 없지요."

"스나이펍니까, 별명이 원킬이게?"

"암기입니다. 이렇게요."

정광수가 다섯 손가락을 모아 던지는 시늉을 했다.

"비수? 표창?"

"뭐든지요."

"예?"

"아, 손에 잡이는 건 모두 다 무기로 사용한다는 뜻입니다. 말하자면 젓가락이나 포크, 카드, 화투, 바둑돌, 동전 등등이지요."

"호오! 대단하군요."

"무장이 없는 것처럼 보이지만, 주머니 속에 뭐가 들어 있는지 아는 사람이 없다고 합니다. 사실 인근의 네 개 파 중 서소문파가 가장 세력이 약한 편인데, 원킬이 있어서 대등하게 세력을 유지하고 있다고 해도 과언은 아니지요."

"암기의 명수라면 그럴 법도 하네요. 혼자서도 열 명 정도는 너끈히 상대할 수 있을 테니 말입니다."

담용은 그렇게 말하면서 역시 국내 담당이라 그런지 정광수가 뒷골목 사정에도 밝다는 것을 알 수 있었다.

"근데 네 개 파라니 무슨 말입니까?"

"아! 이왕 말이 나온 김에 잠시 짬을 내서 이 지역의 조직폭력배들의 세력 구도를 말씀드리겠습니다. 인근에는 종로사거리를 중심으로 네 개 파가 밤을 장악하고 있는 상황이지요."

"종로사거리라면?"

"말 그대롭니다. 이렇게……."

정광수가 탁자에 열십자를 긋고는 말을 이었다.

"왼쪽 아래는 방금 올라간 서소문파가 잡고 있습니다. 그리고 세종문화회관이 있는 위쪽은 경복궁파. 또 건너편 교보문고부터는 무랑루즈파의 세력입니다. 건너편의 보신각부터는 광장파가 각각 장악하고 있는 실정이지요."

"하핫, 어째 간단해 보이면서도 복잡하게 얽혀 있는 것 같네요."

"원체 좁은 지역이니 그렇게 느껴질 겁니다. 지역이 좁은 대신 돈이 많이 도는 곳이라 불만이 없는지 서로가 침범하지 않고 소 닭 보듯 하고 있는 실정이지요."

"일통하고자 하는 야심을 가진 자가 없나 보지요?"

"하핫, 두목이란 놈들이 다 고만고만한 녀석들이라서요. 또 자리만 지켜도 풍족한데 뭐하러 피 튀겨 가며 싸우려 하겠습니까? 아현동의 철권 같은 녀석이라면 또 모르지요. 근데 그 녀석도 어쩐 일인지 아현동에서 꿈쩍도 않고 있네요."

"아현동의 철권이란 자가 그렇게 셉니까?"

"예, 엄청 센 놈이 하나 있습니다. 얼마나 주먹이 센지 신촌 기석이파가 마포구와 여의도를 전부 통합하고도 같은 관내인 아현동만은 건드리지 못하고 있지요."

'헛! 신촌 기석이파라고?'

내심의 읊조림과 동시에 담용의 뇌리로 양경재가 떠올랐다가 사라지고 다시 또 생각나는 것이 있었다.

'아! 맞다! 그러고 보니…….'

담용은 그제야 지난번 추석 명절 전날 심종석이 양경재를 조사할 때 기석이파가 아현동만 제외하고 전부 통합했다고 말한 적이 있음을 기억해 냈다.

그 이유가 정광수가 방금 말한 철권이란 사내 때문이었을 줄이야.

"어차피 관여할 놈들이 아니니 이 정도로 알고 계시면 되겠습니다."
"아, 덕분에 많이 알았네요."
"기본인걸요. 뭐, 좀 기발한 아이디어가 떠올랐습니까?"
"하핫, 기발한 건지는 모르겠지만, 일단은 일본어를 잘하는 구 요원이 필요할 것 같습니다."
"그래요? 부를까요?"
"아뇨. 아직은…… 시기가 맞아떨어져야 효과가 있는 거라 생각만으로 그칠지도 모릅니다."
"시기라면……?"
"곧 저녁 식사를 하는 시간입니다. 일단은 구 요원에게 투숙한 중국인들이 식사를 하러 가면, 어느 식당으로 가는지 확인한 후에 이리로 오라고 하십시오. 그리고 최 요원에게……."
"어? 자, 잠시만요."
전화가 왔는지 정광수가 얼른 휴대폰을 귀에 갖다 댔다.
"어, 나야."
그 한마디를 내뱉고는 잠시 상대방의 말을 듣던 정광수가 금세 통화를 끝냈다.
"육 담당관님, 방금 일본 애들이 밖으로 나왔답니다."
LD호텔에 투숙하고 있는 무라카미 일행을 감시하고 있는 최갑식에게서 연락이 온 것이다.
"그래요? 저녁에 숙소를 옮기는 것은 아닐 테고…… 무슨 일일까요?"

"일단 미행하면서 어디로 가는지 수시로 보고하겠답니다."

"식사를 하러 가면 좋은 기회가 생길 법도 한데…… 호텔에도 식당이 있으니 그건 희망 사항이겠고."

"인원이 늘어난 걸 보면 밖에서 식사를 할 수도 있을 것 같은데요?"

"예? 몇 명인데요?"

"원래 투숙한 인원에서 두 명이 늘어난 일곱 명이랍니다. 합류한 두 명은 고바야시와 오카모토라고 합니다."

"결국 이번 일에 관련된 패거리들이 다 모인 셈이로군요."

고바야시는 일본 내각정보조사실의 요원이고 오카모토 미노루는 일본 야쿠자 교쿠토카이의 한국 책임자로, 명동에서 사채업을 하고 있었다.

두 사람은 무라카미가 하는 일을 지원하는 역할을 맡고 있었다.

"먼저 구 요원에게 연락부터 하십시오."

"예."

광화문의 정통 일식집 후쿠오카하나.

후쿠오카하나란 이름의 일식당은 그 이름이 무색하지 않게 소품이나 장식, 벽화 등 하나하나가 온통 일본 문화로 도배를 해 놓은 정통 일식집이었다.

심지어 남녀 종업원 모두가 핫피와 기모노 차림을 하고 서빙을 하고 있었다.

카운터 테이블을 제외하고는 모두 룸으로 이루어져 있는 구조인 후쿠오카하나다.

그중에서도 약간 후미진 곳에 위치한 '다이묘大名' 룸은 연회장으로 사용해도 될 만큼 넓고 고급스러워 귀빈을 접대할 때 주로 이용됐다.

지금 그곳에 이미 일식 일색의 상차림이 풍성하게 차려져 있었고, 장방형의 식탁 주위로는 무라카미를 포함한 일행 일곱 명에 더해 네 명이 더 자리하고 있었다.

네 명 역시 눈에 익은 인물들로 3남 1녀였다.

면면은 이곳 광화문에 사무실을 두고 있는 도해합명회사의 한국 지사 대표, 혼토 우에하라와 그의 경호 책임자인 마쓰다.

그리고 한국 정계의 거물인 갈성규 의원과의 친분을 이용해 사채업을 제도권 금융업으로 끌어내기 위해 방한한 히메마사 아이로.

또 그가 갈성규 의원에게 로비성 성 접대 상대로 제공했던 여성 금융 전문가 모리시타 세이카였다.

그러고 보니 무라카미와 그 일행 중 순수한 닌자 네 명과 고바야시 그리고 나카지마 게이치 일본종합금융 한국 지사장을 제외하면 모두가 하나같이 담용에 의해 한국에서의 업무가 좌절됐던 이들이었다.

혼토는 수천억 원이 넘는 조직의 자금을 처박은 인물로, 본토에 있는 자신의 전 재산을 처분해 돈을 메꾸느라 빈털터리가 된 상태였다.

어쩌면 담용에 의해 가장 큰 피해를 입었다고 할 수 있는 인물.

히메마사 아이로와 모리시타 세이카 역시도 피해자이긴 마찬가지다.

히메마사는 갈성규 의원이 정계에서 은퇴하는 바람에 자금은 자금대로 소비했으면서 업무에 차질을 빚고 있었고, 유일한 여성인 모리시타 세이카는 갈성규 의원과 당시 동침하던 중에 봉변을 당했었다.

그녀는 지금까지도 정신적 충격에서 헤어나지 못하고 있는 상태였다.

또한 무라카미와 동행해 온 교쿠토카이의 오카모토 미노루 역시 담용에 의해 1차로 빈집털이를 당한 데다 혼토와 같이 한국의 사채업자들과 합작으로 투자를 했다가 수백억 원의 좌절을 맛봤다.

문제는 이들이 그렇게 당하고도 누구에게 당했는지를 모

른다는 점이다.

그야말로 아직까지는 완전범죄가 진행되고 있는 셈이었다.

넙죽.

혼토가 상석에 앉은 무라카미에게 상체를 식탁에 닿을 정도로 굽혀 예를 차렸다.

“모리구치구미의 한국 지부 혼토 우에하라가 무라카미 님을 뵙습니다.”

“무라카미요. 초대해 주어 고맙소.”

사실 둘은 어릴 적부터 친구 사이였지만, 공적인 자리이기도 하고, 주변의 눈이 있어서 지금은 모르는 척하고 있었다.

어쨌든 혼토가 정중한 데 비해 무라카미는 간단한 말과 함께 고개만 살짝 끄덕여 보이는 것으로 예를 다했다.

이는 서로 노는 분야가 달라 딱히 상하를 구분하기가 애매하다고는 하지만, 닌자 가문의 후계자인지라 무라카미가 어디로 가든 무시당할 만한 신분이 아니었다.

이는 모리구치구미의 조장이라 해서 다르지 않았다.

혼토가 이번에는 일본종합금융 한국 지사 나카지마 게이치 지사장을 향해 고개를 반쯤 숙여 보였다.

“나카지마 상, 이런 자리를 마련하게 해 주신 데 대해 감사를 드립니다.”

미팅의 중간 역할을 나카지마가 했다는 얘기다.

“허헛, 별말씀을요. 모두가 한 가족인걸요.”

“하핫, 옳은 말씀입니다.”

도자기 주전자를 든 혼토의 시선이 다시 무라카미에게로 향했다.

“무라카미 님, 제가 한잔 올리겠습니다.”

“그럽시다. 음식을 앞에 두고 말이 많은 건 질색이니까.”

“하! 저도 그렇습니다.”

쪼르르륵.

그렇게 혼토가 무라카미에게 술을 따르는 것으로 다이묘룸은 화기애애한 분위기로 전환되기 시작했다.

그 시각 담용은 K호텔의 중식당에서 구동진 요원과 같이 식사를 하고 있었다.

그런데 실내가 많이 어수선한 느낌이었다.

이유는 바로 지척인 칸막이 너머 단체 손님들의 입에서 나오는 시끄러운 목소리 때문이었다.

바로 무라카미와 그 일행을 쫓아 한국으로 건너온 홍콩의 흑사회 멤버들로, 무려 열 명이나 자리하고 있었다.

절반은 날렵한 체구에 날카로운 인상이었고, 나머지는 힘깨나 쓸 법한 덩치들이었다.

다만 그들 중에 서대문파의 2인자인 원킬이 함께 어울리고 있다는 점이 특이했다.

이는 원킬이 K호텔로 온 이유가 뭔지를 잘 보여 주고 있었다.

호텔 주차장의 일로 원킬에게 담용의 얼굴이 눈에 익을 법도 했지만 다행히 등지고 있어 마주 볼 일이 없었다.

홍콩인들 특유의 소란이었지만 전혀 개의치 않는다는 듯 태연하게 고량주병을 손에 쥔 담용이 구동진에게 권하며 입을 열었다.

한데 목소리가 좀 큰 데다 입에서 나온 말이 일본어였다.

목소리가 큰 것은 실내가 어수선하다는 이유였고, 일본어로 말하는 것은 지금 일본인 행세를 해야 하는 타이밍이었기 때문이었다.

"모리, 한 잔 받아!"

"아니, 제가 먼저 따라 드려야죠."

"됐어, 누가 먼저 따르면 어때? 빨리 먹고 가야 되니 얼른 받아!"

"아쒸, 전화가 와야 가죠."

"그래도 시킨 음식을 먹고 가려면 서둘러야 돼. 먹기도 전에 전화가 오면 이 아까운 걸 놔두고 그냥 가야 된다고!"

담용과 구동진의 식탁에는 술안주로는 먹음직한 팔보채에 짜장면 두 그릇이 놓여 있었기에 그 말이 틀리지는 않았다.

그리고 두 사람의 호칭이나 대화 내용 자체는 설정에 의한 것이었다.

"그 말도 맞네요. 자! 간빠이!"

"간빠이!"

턱!

옹색한 사기잔이라 소리는 둔탁했지만 두 사람은 단숨에 잔을 비웠다.

한데 그런 두 사람을 은근슬쩍 지켜보는 눈이 있었다.

두 사람의 입에서 일본어가 튀어나오자마자 곧바로 나온 반응으로, 바로 담용의 뒤편에 자리한 흑사회 멤버 중 하나인 너부데데한 얼굴의 사내였다.

일본어를 알아듣는지 자리마저 칸막이 입구로 슬쩍 바꿔 앉는 사내였지만, 시선은 모른 척 엉뚱한 곳에 두고 있었다.

"카아! 좋다. 자! 다시 받아!"

"에구! 가마무라 상, 술이 취하면 곤란해요."

"뭐 어때? 자네 오야붕께서도 지금쯤 우리 오야붕께 대접을 잘 받고 있을 건데 뭘? 그렇다면 오늘은 할 일이 없다고 봐도 되잖아?"

"에이, 그래도……."

"야, 모리! 자네 오야붕이 계신 곳은 여기서 멀지도 않아! 걸어가도 10분이면 도착한다고! 제까닥 뛰어가면 5분도 채 안 걸려! 그러니 그렇게 조바심 내지 않아도 된다구."

"에? 진짜요?"

"그럼, 내가 한국에서만 5년이야. 이 근처 지리라면 빠싹하게 안단 말이다. 알아?"

"암요, 당연히 그러시겠지요."

"그러니 걱정하지 말라는 내 말을 믿으라고."

"뭐, 오야붕이 가까이 계신다면야……."

"모리, 내가 말이야, 네가 한국에 왔다는 소릴 듣고 얼마나 반가웠는지 알아?"

"히히힛, 그랬어요?"

"당연하지. 친구 동생인데 내가 챙기는 건 도리라고."

"하핫, 고맙습니다, 가마무라 상."

"하핫. 짜식, 고맙긴. 그런데 본토가 아닌 홍콩에서 이리로 왔다고?"

"예, 홍콩에서 흑사회 놈들과 한바탕하면서 완전히 뒤집어 놓고 왔지요."

구동진의 입에서 마침내 내뱉고자 하던 흑사회란 말이 흘러나오자, 귀를 쫑긋하고 있던 사내의 눈이 일순 빛을 발했다.

사내는 한국의 중국 식당에서 일본어가 들려오자 혹시 하는 마음에 귀를 기울였다가 뜻밖의 말을 들었던 터라 그 순간부터 긴장하기 시작했다.

특히 '오야붕'이란 단어가 나오면 더 긴장하는 기색이었다.

그럴 것이 자신들이 그토록 수소문하며 찾아 헤매던 일본인들로 짐작되는 두 녀석이었으니 당장이라도 일어날 기세인지 엉덩이까지 들썩거렸다.

그때, 때마침 식당 출입구로 정복 차림의 경찰 두 명이 들어섰다.

경찰을 본 너부데데한 사내가 막 일어서려다가 슬며시 주저앉았다.

담용도 두 명의 경찰을 보고는 입꼬리가 비죽 올라갔다.

이 역시 각본에 의한 것으로, 경찰은 정광수와 김창식이 변장한 모습이었다. 그들은 저녁 식사를 하러 들른 것처럼 행동하기로 되어 있었다.

정광수와 김창식이 식당에 온 이유는 혹시라도 흑사회 멤버들이 담용과 구동진의 말을 듣고 당장 떼거리로 덮칠 수도 있기에 준비한 것이다.

뭐, 덮친다고 해도 겁날 것은 없었지만 실제로는 일이 틀어질 것이 더 염려되어서다.

"역시 본토의 오리지날 코친(싸움닭)답다, 모리."

"감사합니다."

"자, 어서 먹자고."

"예. 그런데 가마무라 상."

"응?"

"이 시커먼 중국 음식이 의외로 맛있습니다. 나중에 오야붕에게도 맛을 보여 드려야겠습니다. 아마 좋아할 겁니다."

"하핫, 그거 자장면이라고 하는 건데, 한국인들이 즐겨 찾는 음식이기도 하지. 글치만 자네 오야붕은 더 맛있는 걸 먹고 있으니 지금은 신경 끊고 자네나 맛있게 먹으라고."

"에? 더 맛있는 거요?"

"그래, 정통 일식집에서 거하게 먹고 있을 거야."

"와! 한국에도 정통 일식집이 있습니까?"

"당연하지. 세계에 널리 퍼져 있는 스시인데 한국이라고 없을까? 더구나 본토와 거리도 얼마 되지 않아서 맛도 못지 않다고."

"그렇습니까? 저는 전혀 몰랐습니다."

"하하핫. 특히 자네 오야붕을 모신 곳은 일품 스시집으로 유명한 곳이라, 아마 지금쯤…… 흐흐흐흣."

"아! 정말 그렇다면 오야붕께서 좋아하시겠습니다."

"아마 흡족해하실 거야. 더구나 거기는 주인이나 주방장이 우리 본토 출신이라 더 입에 착착 감길 거다."

"우와!"

구동진이 탄성을 발할 때 예의 너부데데한 사내가 원킬에게 귓속말을 하는 것이 보였다.

물론 수시로 곁눈질을 한 구동진이 이를 지켜보고 있었기에 담용에게 눈을 찡긋했다.

일종의 신호로 여기서 결정타를 먹이자는 의미도 들어 있었다.

적어도 구동진이 보기에는 분위기가 딱 그랬던 것이다.

“모리, 나중에 내가 시간이 나는 대로 거기로 한번 데려가 주지. 자네 입도 호강 한번 해야지 않겠나? 하하핫.”

“에? 저, 정말입니까?”

“하핫. 모리, 나 가마무라는 한번 입 밖에 내뱉은 말은 반드시 지킨다고.”

“그거야 잘 알고 있습니다만…… 아무튼 그리 아껴 주시니 고맙습니다, 가마무라 상.”

감격한 듯 구동진이 일본인처럼 과하게 머리까지 깊이 숙여 보였다.

“고맙긴. 좋아, 이렇게 만난 김에 미루지 말고 아예 날짜를 잡자고.”

“벌써요?”

“그럼. 이 가마무라의 마음이 식기 전에 약속을 하자고. 자네 지금 LD호텔에 머물고 있지?”

LD호텔이란 숙소 이름이 먼저 나왔다.

당연히 너부데데한 사내가 엉덩이를 움찔하는 것으로 반응을 보였다.

“예.”

“며칠 후에 내가 전화하면 택시를 타고 세종문화회관으로

와."

"그러면 됩니까?"

"아니지, 택시에서 내려 지나가는 사람 아무나 붙잡고 물어봐."

"예? 뭐라고……?"

"후훗, 후쿠오카하나 정통 일식집이 어디냐고 말이다. 그러면 다 알고 있거든."

마침내 흑사회 멤버들이 그렇게도 원하던 장소가 알려졌다.

"아아, 간단하군요."

"하핫! 내가 데리러 가지 않아도 되겠지?"

"그럼요, 저는 바보가 아닙니다."

"어이구, 갑자기 화장실이 가고 싶네."

"에구, 마침 저도 그 생각을 했습니다."

"그럼 같이 갔다 와서 마저 먹을까?"

"그러지요."

두 사람이 화장실 안내판을 확인하고 그쪽으로 갈 때, 때를 같이하여 흑사회 멤버들도 자리를 털고 일어 섰다.

이어 서둘러 음식값을 계산하더니 부리나케 식당을 빠져나갔다.

그들 중 가장 앞선 사내는 다른 누구도 아닌 서대문파의 원킬이었다.

그렇게 담용의 '이이제이以夷制夷'란 계책이 먹혀드는 순간이었다.

다음 권으로 이어집니다

바인더북